传颂在人间的歌谣

张翼飞 著

中国出版集团　现代出版社

图书在版编目（CIP）数据

传颂在人间的歌谣 / 张瑜著 . -- 北京 : 现代出版社，2019.7

ISBN 978-7-5143-8040-8

Ⅰ . ①传… Ⅱ . ①张… Ⅲ . ①诗集－中国－当代 Ⅳ . ① I227

中国版本图书馆 CIP 数据核字 (2019) 第 161519 号

传颂在人间的歌谣

著　　者	张　瑜
责任编辑	陈秀香
出版发行	现代出版社
地　　址	北京市安定门外安华里 504 号
邮政编码	100011
电　　话	010-64267325 64245264（传真）
网　　址	www.1980xd.com
电子邮箱	xiandai@vip.sina.com
印　　刷	重庆市美尚印务有限公司
开　　本	880mm × 1230mm 1/32
印　　张	5.875
版　　次	2019 年 7 月第 1 版　2019 年 7 月第 1 次印刷
书　　号	ISBN 978-7-5143-8040-8
定　　价	68.00 元

作者简介

作者本名张瑜，八四年生、四川大竹人，因向往自由高飞故取其笔名——张翼飞。

我的人生动荡而坎坷，曾因违法而入狱九年。在狱中服刑期间，因为长期的孤独折磨和情绪压抑让我最终选择了写诗来宣泄心中的情感。我开始不停的学习知识去了解世界、反思人生并规划未来，希望能用自己的智慧和双手来实现人生的价值、改变失落的命运。

我非常热爱诗歌，并在狱中创作了大量优美且风格迥异的"流行诗歌"。并将我的所思所想与心灵状态都融入在我的作品之中，希望我的诗歌能给人们带来心灵上的温暖和感动。

内容简介

我的这本诗集共收录了五十首原创的"流行诗歌"。（其中绝大多数都是在狱中服刑期间创作完成的）

我的诗歌风格多样、种类丰富、形态万千、天马行空！

既有奇思妙想之精彩，又有生活纪实之平凡；既有豪迈奔放之气势，又有温雅秀美之柔情；既有向往光明之歌咏，又有世事沧桑之感叹；既有引人深省之哲思，又有嬉戏娱乐之功效。

我将诗集分为五大篇章，每个篇章都对应相关联的十首"流行诗歌"。

一：爱情篇——甜美的憧憬，二：励志篇——不屈的呐喊，三：感怀篇：青春的泪痕，

四：哲理篇——心中的阳光，五：综合篇——岁月的河流。

我的诗歌整体都充满了十足的正能量：既可带你进入精神欢乐之天堂，又可带你深入灵魂感伤之地狱。那感伤可使人洗涤心灵之杂念，那欢乐可使人升华高尚之品格。

我的每一首诗歌都是通过精心的打磨且反复的提炼而得来的，我将流行音乐的元素和中国古典诗歌的精华以及古今散文的结构和西方诗歌的特点相结合，开创出意境优美、韵律流畅、主题明确、文字简洁、情感生动、气质凸显、逻辑缜密、叙事完整的全新诗歌流派！

我的诗歌创作风格爱使用排比、对偶、重叠、白描、以及大量的比喻，善营造出唯美的视觉盛宴，并具有很强的音乐质感。既不同于古诗之简短与格律之呆板，也不同于现代诗歌之散乱与曲调之缺乏。风格自成一派，于是我将之命名为"流行诗歌"，希望我的诗歌可以开历史之先河、引时尚之潮流、像流行音乐一样的流行起来，振兴华语诗坛，代表中国文学走向世界！

目　录

张翼飞流行诗歌 1——甜美的憧憬
（爱情篇）

爱情与婚姻 2

笑恋美 5

初恋情结 9

我的大小姐 12

爱上美人鱼 16

生死恋歌 20

永远深爱的红颜 24

红色情书 27

如果你爱我 30

相信爱情 33

张翼飞流行诗歌 2——不屈的呐喊
（励志篇）

重返人间 37

顽强的生命力 41

走在追梦的路上 44

四月的阳光 47

事在人为 50

绝地重生 53

生命之花 57

为了拥有更美好的明天 61

向病魔宣战 64

永不言败 67

张翼飞流行诗歌 3——青春的泪痕
（感怀篇）

青春告别式 71

父母的爱 75

清明遥祭 79

感谢那曾有你们陪伴的欢乐童年 83

请等我回来 86

天堂里的泪光 90

流浪荒原 94

凝望随想 98

告别了十年 101

再也回不去 104

张翼飞流行诗歌 4——心中的阳光
（哲理篇）

人生最宝贵的财富 108

告别忧伤 113

欢乐法宝 116

秋　思 120

不一样的幸福 124

成功法则 128

昨天、今天与明天 131

白云说 134

知识的力量 137

感恩世界 141

张翼飞流行诗歌 5——岁月的河流
（综合篇）

野草吟 146

世界因你而美丽 149

突然想起你 152

我还是要走 156

落日孤影 159

安神曲 163

第一次相亲 166

爱情的近与远 170

一个人的世界 173

路过的女人 176

后　记 180

张翼飞流行诗歌一——甜美的憧憬

爱情篇

爱情与婚姻

爱情是情人眼中盛开的玫瑰，是恋人口中香甜的草莓。

它像明艳的色彩涂抹着人们灰暗的世界，又像悠扬的琴弦拨弄着人们阴郁的心扉。

人们为它欢笑，也为它流泪，甚至甘愿做它控制的傀儡。

只为品尝那缠绵悱恻的滋味，感受那毫无缺陷的完美。

它是童话里的王子，宝殿里的皇妃。

它使秋天的落叶已不再荒凉，它使冬天的雪花也不再凄美。

它是那样的自私与纯悴，犹如香醇的美酒可使人喝醉。

又是那样的激烈和无畏，明知是飞蛾扑火仍无怨无悔！

婚姻是丈夫心灵停泊的港湾，是妻子情感归宿的家园。

它也许没有那火焰般燃烧的炽热，但却拥有那阳光般照耀的温暖。

它也许没有那梦幻般迷人的色彩，但却拥有那水晶般纯洁的依恋。

它是彻底的信任、长长的挂念，而非短暂的拥有和得失的盘算。

它是无价的瑰宝、生命的一半。不能以金钱来衡量，更不能用利益来交换。

它是不离不弃的陪伴，它是无比坚定的信念。

即使是疾病、挫折和苦难，也要与爱人携手共度难关。

就算历尽坎坷辛酸，哪怕每日粗茶淡饭。

也会因对方一个关爱的眼神而感到无比的欢欣与美满！

爱情是在强烈的吸引中诞生，婚姻是在幸福的期盼中降临。

爱情需要婚姻来保持稳定，婚姻需要爱情来调剂滋润。

只有向往婚姻的爱情才最为真诚，只有拥有爱情的婚姻才更加完整。

它们像两股引力在相互牵引——

仿佛月亮与地球，彼此在遥相呼应。仿佛山川与河流，永远都相爱相亲。

仿佛清风与白云，总是要结伴遨游。仿佛花儿与果实，注定已难舍难分。

笑恋美

那一笑春风拂来桃花潮，那一笑纤引杨柳竞折腰。
那一笑喜鹊架成登天桥，那一笑黄莺啼鸣歌云宵。
那一笑白龙玉凤倒裙下，那一笑嫦娥嫣月逊几毫。
那一笑十万唐诗不韵美，那一笑铭至宙宇灭烟灰。

无论在哪里，你的笑容总是会让我想起。
想起和你相遇——在那草木翠绿的时节，在那青春放任的
年纪。

那时的你，每天都迎着朝阳而来，踏着夕阳而去，带着一
丝丝神秘。

你芳姿逸丽并肤白如玉，你轻歌漫步在风中游移。
你衣裙漫飞随长发飘起，你温柔似水又善解人意。

你仿佛是那天国的仙女，令人神魂颠倒却又遥不可及。
又仿佛是那江南的烟雨，令人顿生诗意却又倍感怜惜。

无论在哪里，你的笑声总是会让我叹息。
叹息你已远去——失散在苍茫的人海中，隐没在未知的角
落里。

你可知道我曾深深地、深深地爱上你？只因你的一切都让我眷恋、让我痴迷！

你淡妆素纱并幽香暗发，你娇容艳面在笑靥如花。
你婉言舒语随清新文雅，你端庄高贵又朴实无华。

你就像那缤纷的彩虹，沾染我寂静的天空、修饰我黑白的梦。
你又像那盛开的芙蓉，卷起我爱意浓浓，直教人思念成疯。

你就是我心中的万人迷——
一个楚楚动人的传奇！一份刻骨铭心的美丽！

也许我只是你眼中一闪而过的流星，而你却是我生命涓流不息的长河。

你那不经意的欢笑，曾带给我温暖和力量，教会我乐观和坚强。
它伴我走过孤独、走过绝望，走向快乐、走向希望，再迎来一片灿烂的阳光。

直到现在，我仍眷恋你的笑，也常追忆你的美。
在多少香甜的梦中，你的笑容沉漫在我的心坎，你的笑声回荡在我的耳畔。

若不是我亲身体验，我不会相信这世上竟有如此美妙的爱恋！

尽管如今我已岁月平添，不见当年青涩容颜。可是你的模样在我心中从未改变，直到永远！

初恋情结

你偶尔会在我的脑海中悄然浮现，你偶尔会在我的睡梦里轻声呼喊。

我和你有一段没有完成的初恋，它似一个魔咒在我的心底里纠缠。

你的模样一成不变，你的美丽丝毫未减。你的微笑温柔缅甸，你的眼神清澈温婉。

你的名字仿佛那盛开的秋菊一样娇艳，你的画面总被定格在那一座中学校园：

我们的座位并隔着一湾浅浅的界线，

我常傻傻地质疑我们是不是牛郎织女被阻隔在银河的两端，只能任爱慕的火焰在心中蔓延。

我从未正视过你的双眼，我只会不时地羞怯偷看。

我喜欢你轻轻飞舞的样子，像一只云中燕。我喜欢你秀发飘起的瞬间，像一幅画中仙。

表白前，你曾使我心神慌乱。表白后，你曾令我彻夜难眠。

你曾如同一道闪电，划过我朦胧的天边。你曾如同一股清泉，注入我干枯的草原。

我曾想带你去一处长满芦苇的河岸，坐在石头上诉说思念。

看着来来往往的行船，望着袅袅升起的炊烟。

任微风轻拂在我们紧密交叉的指尖，任阳光照耀在我们幸福灿烂的笑脸。

我曾想带你去一处萤光闪烁的稻田，站在田埂上许下誓言。

指着小山坡上的新月弯弯，当着青蛙头上的繁星点点。

任蜿蜒的溪水从我们身旁缓缓流转，任布谷鸟的歌声在我们耳畔空空回旋。

有时回忆是因为怀恋，有些怀恋是因为孤单。

事隔多年，我还一直珍藏着我们当初交换的相片，以及那些你曾回复的、写满了青涩文字的信件。

也许在一个寒冷而孤寂的夜晚，你也会偶然想起那曾正襟危坐，却已情窦初开的少年。

再见，初恋。

不再和你相见，只为保存那份懵懂的纯真将逝去的芳华祭奠。

再见，初恋。

像白开水一样简单，像苦咖啡一样弥漫，像青苹果一样芬芳，像柠檬茶一样酸甜。

再见，初恋。

再见属于青春的呢喃，再见一丝残缺的遗憾，再见许多说不出口的蜜语甜言！

我的大小姐

一看见你我就想笑，太阳晒到屁股还在睡觉，连续叫你几遍才伸懒腰。

还要揉啊揉，揉出眼屎在睫毛上跳；还要甩啊甩，甩起发丝在床头上飘。

头发早已乱成一团糟，还想往我身上蒿，笨的不得了。

连洗脸漱口都活蹦乱跳，连穿衣换鞋都哼着歌谣。

没办法，我想你是荷尔蒙过剩，内分泌失调，需要我来长期治疗。

说你两句你还不服，还要顶嘴，还要发飙，

非要我来哄，非要我来抱，非要让我掉进你的圈套。

否则你就瞪眼，你就叉腰，然后在我的脑门上敲呀敲，没完没了。

好好好，好好好。我的大小姐，我的小辣椒，我的小气狗，我的小花猫。

是我不对，是我不好，是我今天吃错了药，是我没有把你照顾周到。

请你别生气，请你别计较。

快快转怒为喜笑一笑，早餐我已准备好。有你爱吃的杂酱面，有你爱吃的灌汤包。

我怎会舍得让你难过，让你苦恼？你的健康就是我的财富，你的喜悦就是我的目标。

你的脾气我已领教，我的世界由你主导。

谁叫你的爱似魔爪，已把我的心紧紧抓牢。反正躲也躲不开、逃也逃不掉。

不如张开双手等你来抱，躺在你的怀里向你撒娇。

或者嘟起小嘴等你来咬，贴在你的胸口聆听心跳。

仔细看；你的模样真俊俏，再美丽的女人也不及你的分毫。

仔细听；你的声音真美妙，再动听的歌谣也不及你的欢笑。

别看我时常孤独冷傲，其实我的激情猛烈燃烧。别看我总爱耍酷装屌，其实我的内心早已明了。

这世上只有你才真心对我好，愿意陪着我哭、陪着我笑、陪着我疯、陪着我闹、陪着我在一起打情骂俏。

你让我的生活不再孤单，你使我的岁月不再枯燥。如果没有你，我的日子将会是多么难熬。

没有人为我削苹果！没有人为我剥香蕉！没有人为我洗衣服！没有人为我做菜肴！

也没有人会在我生病时提醒我按时吃药！也没有人会在我苦闷时倾听我诉说烦恼！

我愿做你的痴情郎，我愿做你的比翼鸟。

我愿出门逛街为你拎包，累了回家为你洗脚。我愿上班下班向你问好，大事小事向你禀告。

　　谁叫你是我的大小姐，你是我的开心宝，你是我的俏公主，你是我的心头好。

　　谁叫我们说好要不离不弃，彼此依靠。谁叫我们承诺要相亲相爱，白头到老。

　　一想起你我就想笑，你总爱在我的眼前无理取闹，你总爱在我的耳边胡说八道。

　　你总爱拉着我的手摇呀摇，还要踮起脚尖来和我比高。

　　有你在，我的欢乐不会少，我的甜蜜不会少。

　　你仿佛一朵白云在我的天空上飘，你仿佛一枝花儿在我的清风里摇。

　　你仿佛一条鱼儿在我的荷塘里游，你仿佛一只青蛙在我的田野中跳。

　　尽管如此，我还是要对你温柔警告："请不要得意忘形，更不要把我惹毛。"

　　小心我会揪你的脸蛋，揪得你惊声尖叫。小心我会打你的手心，打得你跪地求饶。

　　小心我会使出浑身的解数来降伏你这只难缠的小妖！

爱上美人鱼

有你的日子里，春风吹动了柳絮，阳光洒满了草地。百花引来了蝴蝶，森林响起了鸟语。

有你的日子里，蓝天净化了空气，白云收藏了雨滴。流水带走了哀愁，青山填补了空虚。

有你的日子里，每一天都欢乐无比，每一刻都难以忘记。

你仿佛是那传颂了千年的巫山神女，整日整夜搅得我意乱情迷。

你的笑容似绽放的秋菊，你的眼光似荡漾的涟漪。

你的品性似欢乐的天使，你的肌肤似柔软的白玉。

我最是喜欢你那一头长发飘逸，我最是迷恋你那一袭红裙紫衣。

你淡淡地发香让我沉醉，你婀娜的曲线令我痴迷。

我要紧紧地抱着你，轻轻地抚摸你，深深地亲吻你。

不管是现在和未来、还是在年轻和老去。

我会耐心地迁就你、温柔地宠爱你、细心地呵护你。

不让你伤心、不让你哭泣、不让你承受半点委屈。

因为你是我眼中的美人鱼，在我的心海里游来游去。

你的每一个动作都牵引我的呼吸，你的每一丝声音都勾起我的情趣。

没有人不称赞你的美丽，就连那绝望而坠落的流星也会在深邃的宇宙中幽怨叹息！

就连那风华绝代的四大美人也会在古老的时光里心生妒忌！

我的世界已被你彻底占据，我的生命愿为你颠沛流离。

我要永远和你在一起，做你一生一世的伴侣。

陪着你走过风风雨雨，陪着你踏遍南北东西。从此不离不弃、生死相依。

假如有一天我因意外而过早离逝。

不要伤心、不要哭泣，只需将我葬在一处可以遥望你的墓地。

并在坟头上种满丁香和茉莉，待到来年花开时，

再来采摘思念、深情召唤，同时诉说着我们曾说过的蜜语甜言。

我的尸骨将为你倾听，我的灵魂会为你苏醒。

我会化作那无数的形影来陪伴你的余生——

也许是不经意停在你肩上的红蜻蜓，也许是疯狂的长在你墙角的常青藤。

也许是偶然间路过你窗前的单飞雁，也许是执意要点亮你夜空的霓虹灯。

也许是轻轻地抚慰你心灵的随身听，也许是静静地看着你打扮的美妆镜。

也许是暖暖地穿在你身上的羽绒服，也许是羡羡地陪着你安睡的绣花枕。

我对你的爱将无处不在，我对你的心已痴情不改。
请相信，我会一直守在你的身旁永不离开！

生死恋歌

我是一朵飘泊于天空的白云，跟着你的脚步来回穿行，随着你的心情上下浮沉。

我会偶尔点缀你眼前的风景，投影你观赏的湖心。只愿为你带来哪怕片刻的安宁！

我是一条流浪于山川的河流，沿着你的记忆不停奔走，带上你的思念蜿蜒回眸。

我会偶尔拍打起晶莹的浪花，想起你无限的温柔。只求为你带走哪怕一丝的哀愁！

我是一只跳跃于枝头的小鸟，沿着你的气息一路寻找，绕着你的身影翩翩舞蹈。

我会偶尔站在你的窗前鸣叫，向你清晨开心地问好。只愿为你带来哪怕瞬间的欢笑！

我是一棵摇曳于风中的柳树，长在你回家必经的路途，向着你来去深情的注目。

我会偶尔将枝叶贴在你胸口，倾听你内心最真实的倾诉，只愿为你带走哪怕一时的孤独！

我是那曾深深爱你的情人，说要痴情陪伴你的一生。

不料一场车祸突然夺走我年轻的生命，只留下这遗憾在人间的爱情！

也许是生前积累的善行，让我在死后来到这白光指引的天庭。

这里仙人作歌、仙女成群，处处龙飞凤舞、金殿玉林。

星月点亮了神灯，银河沐浴着佛灵，彩虹架起了天桥，彩云织出了华锦。

此乃凡人向往之极乐仙境，可是我的内心却异常冰冷，对你的思念反而与日俱增！

我不断想起我们一起走过的街道，一起看过的电影，经常说过的情话，相互许诺的永恒。

原来你的一切早已融入我的生命，再也不可离分！

我放弃人世的轮回，谢绝众仙的挽留，只向万能的观世音苦苦哀求：

"请让我回到人间，与心爱的人终生为伴。

哪怕为此受尽天刑责罚与地狱摧残，我也心甘情愿。"

菩萨闻言流泪轻叹："生死恋，情难断，真爱在人间！我何不就此成全？"！

于是打开遁世之门，赐我万变经轮。

临行前再三嘱咐："不可幻化人形，不可惊扰世人。否则即刻魂飞魄散，永世不得超生。"

我牢记圣谕，回到凡尘，变成一只萤火虫向你靠近。

而月光下你在窗前遥望，深夜里你在低声沉吟。

那虚掩的门，那昏暗的灯，以及你那忧郁的眼神可否是在等待我归来的灵魂？

那早已打开的电脑桌面，是我们亲密的合影。那正翻阅的手机储存，是我们欢乐的视频。

也许你是在怪我残忍，让你独自流泪到天明！
也许你是在怨我绝情，让你寂寞空守在黄昏！

虽然你看不见我的身体，也听不见我的声音，但却能强烈地感受到我的存在。

那四处游荡的清风是我行走的足迹，让我可以时常去跟随你。

那活力四射的阳光是我温暖的身体，让我可以时刻去拥抱你。

那漫天纷飞的雨雪是我流下的泪滴，让我可以陪着你伤心地哭泣。

那遍地盛开的野花是我绽放的美丽，让我可以陪着你尽情地欢愉。

你每日若有所思，时而偷偷泯笑，似乎已微微察觉。

那经常挡住你去路的淘气花猫，那长期停留你后院的紫色蝴蝶，

那反复织网你屋檐的翠绿蜘蛛，那大胆爬上你手心的七星瓢虫，

——皆是我悄然幻化的神形！

永远深爱的红颜

也许是前世修来的福分，让我在今生与你结缘。
也许是上天刻意的安排，让我在人海与你相恋。

与你相处的每一刻都仿佛春天。
总像有春风吹过碧绿的湖畔，总像有阳光洒在清新的草原。

那种甜蜜的感觉似淡淡地芬芳在我的心中弥漫，
那些纯美的记忆是深刻的烙印在我的梦里痴缠。

不知不觉，我的烦恼已消失不见。我的忧伤已匆匆走远。
莫非这一切的变化都与你有关？

是的，是的；
是你温柔的双眼击中我内心深处的柔软，是你亲和的话语
融化我积郁已久的冰山。

我的世界因你已不再孤单，我的天空因你已不再灰暗。

请允许我用世上最美的语言来把你称赞：
你是这人间最动人的风景，是蝴蝶、是飞燕、是绿荫缠绕
的花园。
你是这世上最美妙的存在，是依恋、是诗篇、是所有欢乐

的源泉。

没有一种美丽能像你的笑脸——开满娇艳，没有一种吸引能像你的品质——闪耀光环！

你那一如水莲花般的身影，恍若绝尘仙女——迷倒一片！
你那好似百灵鸟般的歌喉，犹如神工奏乐——惊美人间！

我有一个奢侈的想法，也有一个简单的心愿。
希望能用一生的时间来把你疼爱，希望能用满满的真情来将你温暖。

我的心儿已开始憧憬，我的灵魂已许下誓言：
我会陪你看高山流水、云舒云卷，从此天南地北、相依相伴。
我会陪你等日出日落、春去春还，直到天荒地老、海枯石烂。

无论前方的路有多少辛酸，也无论未来的梦有多少实现。
让我们风雨无阻，扬起这爱情风帆；去穿越无常的风暴，去跨越汹涌的险滩，
最终满载星辉，抵达那和谐的、美满的幸福彼岸。

任凭颜苍老与岁月变迁，我对你的爱始终不变——
你是我今生最美的遇见，亦是我永远深爱的红颜。

红色情书

教我如何告诉你，你比那天山上的雪莲花还要美丽。
教我如何不想你，你比那草地上的花蝴蝶还要欢愉。

教我如何赞美你：
你的眼眸似黎明的晨曦！你的秀发似午夜的丝雨！
你的手镯似瑶池的碧玉！你的耳坠似观音的泪滴！
你用蓝天编织的绸缎做成外衣！你用春天弥漫的芬芳修饰
粉底！

我好似在哪里见过你，又好像在从前拥有你。也许是前生，
也许是梦里！
明明睡去还能听到你的声音，朦朦醒来还在留恋你的倩影。

怪只怪你的笑容太迷人，无法遮掩你的纯真。
怪只怪你的眼神太温馨，百般凸显你的风韵。

你仿佛是那端庄的新白娘子，一颦一笑都颠倒众生。
又仿佛是那可爱的紫霞仙子，举手投足都风采绝伦。

我的身体已被你深深吸引，我的神经已为你时刻绷紧。
你像一波又一波海浪冲击我的心灵，你像一只又一只蜻蜓
袭扰我的灵魂。

27

你是我幽谷上空最鲜艳的彩云，你是我荒凉沙漠最珍贵的丛林。

你是我遥远天边最闪耀的明星，你是我日思夜念最仰慕的女神。

此心难言明，此遇难忘情。放手去爱，不应有恨。

请你原谅我的羞涩与天真，我想了解你的一切却不敢当面追问。

请你宽容我的固执与任性，我想表达我的情意却选择红笔书信。

只因红色代表我的心，只因红色属于我的唇。

它可驱散我们孤独的冷，它可融化我们陌生的冰。

请你接受我的心，它会为你跳不停。请你收下我的吻，它会吻遍你全身。

如果爱我请靠近，我保证你会陶醉、你会上瘾、你会在我的怀里沉沦。

因为我是捕心猎人，我是摧魂情圣，我是温柔杀手，我是浪漫诗神。

如果愿意请回信，也请落下你的芳名，并附上你的唇印。

以此纪念我们绚烂的青春，炽热的爱情！

The Queen

如果你爱我

不要偷偷地喜欢我，我只是黑白世界里的一抹颜色。
不要深深地迷恋我，我只是黑暗夜空里的一束烟火。
不要轻易地靠近我，我只是夕阳微波里的一缕清风。
不要无限地纵容我，我只是幽深丛林里的一颗香果。

如果你爱我，请你悄悄告诉我，请你反复说爱我。
别再让我孤单，别再让我寂寞，别再让我等待，也别再让
我难过。

如果你爱我，请你来到我的心田，请你收容我的魂魄。
别再任思念折磨，别再任距离阻隔，别再任幸福溜走，别
再任青春零落。

不要慢慢地冷落我，我只是荒凉沙漠里的一条小河。
不要狠狠地欺骗我，我只是荒郊野岭里的一尊古佛。
不要突然地离开我，我只是倾盆大雨里的一只野鸟。
不要绝情地伤害我，我只是冰天雪地里的一个过客。

如果你爱我，请用你的笑容温暖我，请用你的声音呵护我。
请你放下矜持来抱我，请你闭上眼睛来吻我。

如果你爱我，请你走进我的生活，请你分享我的欢乐。

请在我的心中种满花朵，请在我的生命纵情高歌。

我情愿被你的爱套上枷锁，我情愿被你的心深深俘获。

我情愿做一朵白云，在你的城市流浪飘泊；我情愿做一颗繁星，在你的屋顶晶莹闪烁。

请你相信我、请你相信我：

我会让你感受到无穷的欢乐，远离那世俗的冷漠。

只因在未来的路上——你会是我眼中最美丽的春色，我会是你心中最温暖的篝火。

相信爱情

是那美丽花开的艳影，将这孤独沉睡的梦轻轻唤醒，
是那蓝天拥抱着白云，将这残缺失落的心深深吸引。

曾经的爱已枯萎凋零，未来的爱在哪里追寻？
在经历过人生激烈的动荡，在遭受过岁月沧桑的浮沉。
什么是我要的爱？谁会是我等的人？现在已然心明——

不奢求花容月貌与丰乳肥臀，只愿她有温暖的笑容与善良
的心灵。
不奢求才华横溢与事业有成，只愿她有丰富的情感与优雅
的风韵。

她不必像冰雪一样寒冷，不必像石头一样坚硬，
不必像火山一样暴躁，也不必像大海一样深沉。
她可以像水晶一样纯洁，可以像绿树一样清新，
可以像阳光一样灿烂，也可以像蝴蝶一样轻盈。

我相信漫长的黑夜终将会迎来黎明，荒凉的大地迟早会更
替新春。
人生没有不可遗忘的悲痛，也没有不可愈合的伤痕。
即使经历过一段失败的婚姻，我依然相信爱情。

相信她会在某一个浪漫而醉人的时分，从我的生命中悄然降临——

似阵阵清风，缓缓吹开我的心门。如片片灯火，静静点亮我的生命。

我会捧着她的脸缠绵热吻，我会搂着她的腰笑骂调情。
我会牵起她的手四方云游，我会追随她的心直至永恒。

相信我们的爱
定会像那夜晚的繁星——彼此交相辉映。定会像那水里的鱼儿——一直游乐不停。
定会像那比翼的飞鸟——永远不离不弃。定会像那连理的树枝——默默厮守终生。

我会为她谋取生活的安稳，我会向她献上心中的赤诚。
我会给她许下幸福的承诺，我会和她唱起欢乐的歌声。

别笑我为何会这般痴情，别问我为何会如此坚定？
谁叫她是那么美丽而动人——
既有成熟的理智又不失些许天真，既有亲和的性格又略带一丝任性。

她是我的可爱精灵，她是我的灵魂知音，她是我的百变天后，她是我的完美女神。

张翼飞流行诗歌 2——不屈的呐喊

励志篇

重返人间

终于快要熬到刑满的那天，去重温亲情的温暖。
终于快要张开梦想的羽翼，去飞向浩瀚的蓝天。

无数次魂迁梦绕、望眼欲穿。无数次心如刀割、悔恨连连。
如今我的梦已不再遥远，只是我的心常感慨万千。

在这万分悲痛的森严铁牢，在这极度压抑的狭小空间。
我仿佛一具麻木的尸体，已死去多年、被葬身孤单。

多少美丽的青春已随烟云飘散，多少花样的年华已随秋风
走远！
只剩下残余的灯火在若隐若现，只听见不屈的灵魂在深深
呐喊。

无所谓一路颠簸、动荡不安。无所谓大雪纷飞、冷风拂面。
我已学会了坚强，也已习惯了孤单。

即使再冷漠的高墙电网，即使再绝情的沉长锁链。
也无法阻挡我心中的向往、动摇我坚定的信念。

九年炼狱摧残，日月磨刀练剑。要为尊严而活，要为荣誉
而战。

待到它日铁门开，待得那时紫光现。
看我脱胎换骨，洗心革面，披荆斩棘，重返人间！

带上希望火种，燃起熊熊烈焰，一身豪情壮胆，敢为天下先。
我要向命运发起挑战，我要向卓越不停登攀。

清风随我动，星河任我转。热血做彩笔，胸膛当画板。
画出飞虹画天堑，化作神龙入云端。画出朝阳画远山，化作昆鹏跃群巅。

没有什么困难可以阻挡，也没有什么现状不可改变。
自古英雄多磨难，成功背后有辛酸。

不怕自幼家境贫寒，只怕内心自觉卑贱；
不怕长路坎坷艰辛，只怕遇事裹足不前。

没有人生来卑贱，也没有人注定贫寒。
只要激情不灭、斗志不减，终能扬帆出海、力挽狂澜。

积极进取、奋力改变，迎难而上、勇往直前。
誓要攻破坚固的堡垒，誓要战胜所有的苦难。

不争输赢、不较长短，远离邪恶、与人为善。
珍重于宝贵的自由，安乐于生命的平凡。

用微笑连接世界，用真情温暖人间。
让心胸像草原一样辽阔，让心灵像夏花一样绚烂。

应牢记前车之鉴，绝不让悲剧重演。让生命彻底反思，将人生优美呈现。

不在消极中沉沦、不在颓废里哀怜，少一些抱怨、多一点称赞。

这人间遍地都是美丽的花园，处处都洋溢着动人的诗篇。

顽强的生命力

我是一颗野生野长的榕树，长在寂静而荒僻的山谷。
饱尝过无数的寒冷与孤独，体验过无数的辛酸与残酷。

可是我没有灰心、也没有屈服，依然在逆境中风雨无阻。
渴望成长为一颗参天大树，来守护这脚下的每一方安宁乐
土。

我经历过每一次痛苦的煎熬，也享受着每一次阳光的照耀。
那雄壮的高山与清澈的河流，永远都是我生命的参照。

虽然我没有娇艳的鲜花、也没有香甜的蜜桃，但是我有昂
扬的精神与无穷的创造。

我不会被眼前的困难所轻易吓倒，也不会因一时的挫折而
心生烦恼。
当面对重重的磨难，我会用顽强的生命力来抵抗风暴：

来吧，让我与天雷一起怒吼！让我与狂风一起咆哮！
来吧，让我与烈日殊死搏斗！让我与暴雨紧紧撕咬！

直到野蛮的战场已变成祥和的城堡，直到周围的喧嚣已转
为悠扬的曲调。

我不怕风暴的侵袭，也不怕苦难的磨砺。
因为我有最致命的武器，有自信能击败所有的来犯之敌！

当面对狠狠的威胁，我会像钢刀一样锋利，我会像磐石一样坚毅。

就算是冒着狂风暴雨，我也要拔地而起——
将枝叶伸向天空，将根须深入大地。只为活出自己的精彩，演绎生命的传奇！

每个故事都有不同的结局，每种生命都有各自的期许。
但愿在有生之年：

我能为栖息的鸟儿遮挡风雨，我能为清冷的世间增添美丽。
我能为迷途的羔羊指引方向，我能为消沉的生命唤醒活力。

我的意志坚定不移，我的灵魂无所畏惧，无论有多大的阻碍也不能教我放弃。

我已领悟到生命的真谛，我已探明了存在的意义。
那所有的奋斗与拼搏，既为了分享欢乐、更为了捍卫荣誉！

走在追梦的路上

年少离家轻狂，誓言衣锦还乡。
却不料：无知伴惆怅、迷茫多流浪，天涯客、倦人肠！

一时行骗荒唐，九年忏悟牢房。
看如今：大志在远方、豪情振戎装，换模样、心飞扬！

曾经的失败虽沦为过往、却训刻心上；未来的使命已躁热胸膛、还徘徊心上。

我装载理想，满怀希望，走在追梦的路上。像一艘巨轮在波涛中远航、在海面上横闯。

我面泛容光，气宇轩昂，凝视前进的方向。像一棵松奎在风雨里成长、在大地上眺望。

我要去遥远的地方，停靠在梦中的云港。
那里没有忧愁、没有悲伤，唯有欢乐将痛苦遗忘。
那里没有孤独、没有绝望，唯有光芒将凡尘照亮。

这条路坎坷而漫长，这颗心要乐观要坚强。
我要像雄鹰在高空翱翔，我要像苍龙在深渊游荡。
哪怕遭受遍体鳞伤，哪怕面临生死存亡；我不后悔、不退让，就算死也要死在追梦的路上！

我宁可充实的死去，也不甘空虚的活着。

我要珍惜每一寸光阴，去实践规划的人生，做一个卓越的人——

除去简单衣食行，财富于我如浮云。抛开炫耀权位名，价值于我重千金。

我要培养高尚的品格，去创造无限的可能。做一个卓越的人——

不乞求鲜花与掌声，不接受轻视与怜悯。

用智慧和勤奋去肩负起家庭与社会的责任，用真诚和仁爱去温暖那无数善良的心灵。

古往今来，真正卓越的人正是在好学中反省，在质疑中坚定，在失败中崛起，在逆境中重生！

他们可容可忍、能屈能伸，永远忠于自己的灵魂。

他们迎难而上、积步前行，时刻响起心底的声音——

"我要改变庸俗的命运，我要成就辉煌的人生！"

也许有一天，当我老去被白发遮掩，也没能到达我心中的彼岸。

那时回头会发现；我已远离当初的原点，登临半山，神采怡然。

上可观青冥之浩瀚，下可览平野之茫远。白云向我招手，清风为我加冕。

行步好似轻飞燕，拂袖犹如道中仙。进一步山颠，退一步乡田，好一个自在人间！

四月的阳光

我眷恋四月的阳光，在青翠的山岗——

豆苗在地里成长，野花在路旁绽放。农人在来回耕种，牧童在牵牛放羊。

而我在轻轻追向——啊，彩蝶在飞扬！

我眷恋四月的阳光，在蜿蜒的河塘——

竹柳在风中摇晃，鱼儿在水中徜徉。老翁在岸边垂钓，牛蛙在远处鸣响。

而我在静静观赏——啊，碧波在荡漾！

我眷恋四月的阳光，在赶集的乡场——

白云在天空飘荡，行人在街上闲逛。商贩在卖力吆喝，村民在挑选衣裳。

而我在慢慢品尝——啊，松软的绵糖！

我眷恋四月的阳光，在中学的课堂——

老师在教台高讲，学子在凝神思量。顽童在窃声私语，猫咪在窗外流浪。

而我在偷偷斜望——啊，初恋的姑娘！

我眷恋四月的阳光，在朴素的村庄——

爸爸在外地奔波，妈妈在家务农忙。妹妹在跳绳踢毽，弟

47

弟在捉玩迷藏。

而我在欣欣歌唱——啊，美好的时光！

那是童年的记忆，那是青春的洗礼，那是故乡的印象，那是心灵的海洋。

那是日后飘泊于天崖的浪子在长长地思念，
那是日后监禁于铁牢的囚子在夜夜地回想。

忘记吧，岁月的创伤。卸下沉重的悲痛，填满四月的阳光，让心灵平静安详。
放飞吧，心中的梦想。插上神鹰的羽翼，沐浴四月的阳光，让生命展翅翱翔。

我要胸怀坦荡，像大地一样宽广。我要意志坚韧，像泰山一样雄壮。
我要燃起希望，行走在人生路上。我要突破阻挡，傲立于人海茫茫。

如今我已不再失落与惆怅，也已不再糊涂和迷茫。
我心中有一片四月的阳光，它像天使的笑容鼓励我前往。
犹如爱人的胸膛——温暖又舒畅，恰似陈年的佳酿——浓郁而芬芳！

事在人为

你是否因为学历低微而感到自卑？你是否因为困难阻碍便选择后退。

每个人都会遇到各种壁垒，每个人都会经历不同伤悲。

是要在逆境中沉沦，还是在逆境中突围？取决于你的勇气和智慧。

知识可以通过学习而不停积累，困难可以制定策略而从容应对。

不必在意那些刻薄的贬损，也不必理会那些冲动的赞美。

流过泪水的欢笑会更加美丽，历经痛苦的幸福会更懂珍贵。

别让激情在等待中熄灭，别让自信在徘徊中枯萎。

将时间合理分配，让乐观紧密跟随，按原则果断行事，把目标有序前推。

坚持到底不半途而废，全神贯注必事半功倍。

君子有所为有所不为，犯下过错要及时痛改前非，面对腐朽要敢于打破常规。

好学习与圣人同类，好进取当舍我其谁。

锋芒隐于外，大志藏于内。不阳奉阴违，不口是心非。

不把肩上的责任当作累赘，不为贪婪的利益变成魔鬼。

心存敬畏，心向善美，奋力拼搏，光耀门楣。

做一只翱翔于天空的雄鹰，做一棵傲立于世间的寒梅。

让昂扬的斗志像狮子一样勇猛，让坚强的内心像长城一样雄伟！

做好准备，精力充沛，怀揣梦想，展翅高飞。

去飞向那遥远的光明的荣耀之轨，去品尝那美妙的欢乐的幸福滋味。

不因一时的成功而得意忘形，也不因一时的失败而意冷心灰。

人生不需要伤悲，生活不相信眼泪。

别让短暂的人生在慵懒中昏睡，别让宝贵的生命在消沉中荒废。

不虚度年年岁岁，多效仿圣贤前辈。不相信命中注定，只知道事在人为。

没有不可攀登的高山！也没有不可潜入的深水！

没有不可战胜的艰难！也没有不可逾越的丰碑！

来吧，让我们为明天的光荣喝彩，为今天的努力干杯。

凡事做到问心无愧，无愧于自己、无愧于家庭、也无愧于整个社会！

绝地重生

我的岁月是一道道年轮，在有限的生命，刻满沧桑的印痕。
我的经历是一次次伤神，在迷途的青春，演绎坎坷的命运。

也许人生就像那多变的风云，时时刻刻都飘浮不定。
许多记忆就像那沉长的回音，不停哀叹曾虚度的光阴。

在这妖艳而伤感的红尘，我的未来该如何追寻？
是要在逆境中自甘堕落？还是在低谷中奋勇攀登？
是要在绝望中随波逐流？还是在悲愤中傲然挺进？

自古英雄不问出处，好汉不图虚名，唯有建功立业，方可
不枉此生。
而今我凭血肉同躯，胸涌万千豪情，亦可为圣为贤，岂能
自贱自轻？

君不见：凋零的草木总会在来年苏醒，阴郁的天空总会有
雨过天晴。
君不闻："世上无难事，只怕有心人"，"有志者事竟成"。

若没有昂扬的斗志，哪会有成功之可能？若没有强烈的自
信，哪会有坚定的决心？
我的心情在激荡，我的血液在沸腾；我要向苦难宣战，我

要与风暴抗衡。

我要披甲上阵、豪迈出征。如雄鹰展翼，如野马奔腾。
我要杀出血路、扭转乾坤。如狂龙荡海，如猛虎啸林。

我要用坚强的意志去组建成一座座钢铁长城，我要用持久的激情来填满这一颗壮志雄心。
哪怕有一线希望，哪怕有一点可能；我也要放手去搏，勇敢去拼。

为了遥远良辰美景，为了老去不留遗恨，为了沙漠一处绿洲，为了黑夜一丝光明。

我要绝地重生——拨开阴暗的乌云，终结失落的命运！
我要光荣崛起——创造非凡的价值，写下光辉的人生！

即使面对最艰难的困境也不要灰心，要坚信希望就在下一个天明。

人生是充满悲欢的旅程——沿途的风景时而杂乱，时而迷人。
智慧是生存必备的技能——知识的海洋取之不竭，用之不尽。

不必理会那些无知的嘲讽笑声，偏不认同那些荒谬的低等宿命。

让正义之光照临我身，让圣洁之水洗涤灵魂，让无畏之神赐我力量，让希望之梦为我指引。

问天问地问良心，尽善尽责尽生命，且歌且乐且前行，笑风笑雨笑人生。

生命之花

也许在美丽的外表之下，隐藏着难言的苦痛与挣扎。
也许在风光的欢颜背后，残留着往日的泪痕与伤疤。

没有一粒种子不接受过洗礼便生根发芽，没有一种生命不经历过锤炼便昂扬挺拔。

人生的道路难免坑坑洼洼，生活的泥潭本就充斥真假。
何必去在意那人生路上的坎坷变化，何必去计较那人情世故的老练圆滑。

我们在艰难的岁月中渐渐长大，然后在茫茫的人海中摸爬滚打。
关于未来；谁来论述、谁来解答——如何实现这美好的人生规划？

不贪图达官显贵，不奢求殷商巨贾，
只愿拥有简单的快乐与精彩的平凡来陪伴我们度过每一个春秋冬夏。

然而人性的交织过于复杂，残酷的现实没有童话。
人生总是有太多的情节穿插，总是有太多的负累重压，
总是有太多的爱恨纠葛，总是有太多的情感牵挂。

是积淀的忧伤也罢，是短暂的欢乐也罢，让所有的喜怒哀乐都随风去吧！

昨天的一切恍如刹那，未来的期盼已然规划。
我知道梦在远方，我知道路在脚下。

挥挥衣袖、重振出发，咬紧牙关、绝不作罢。
向着光明的方向前进，沿着卓越的山峰攀爬。

谁说我命低贱？谁笑我心浮夸？
就算没有文凭也可以创造文化，就算不是名流也可以自成一家。

当无情的厄运降临，当悲惨的苦难辗压。真正的勇士不会后退，真正的英雄不会害怕。

看我身披战甲、奋勇厮杀，横扫千军万马。看我气吞山河、翻天覆地，卷起漫天黄沙。
只要信念不败，精神不垮；我们的梦想就不会熄灭，我们的世界就不会坍塌。

来吧，让我们走在希望的路上，踏起昂扬的步伐。
以灵活的智慧去积极开拓，用务实的行动来充分表达。

不要抱怨、不要责骂。
人生既有凋零的寒冬，也有繁茂的盛夏。既有阴暗的天空，也有绚美的云霞。

只要去打开健康的心门，就可以获取那欢乐的密码。
只要去培养高尚的品格，就可以完成那灵魂的净化。

看淡物质虚荣，回归朴实无华。看轻胜负输赢，远离尔虞我诈。

有时只需一颗清澈的心便能领略这世间繁华，
有时只需一个狂热的梦便能傲立在海角天崖。

不必质疑、不必惊讶，人生是一朵即将绽放的生命之花！
在饱尝过五味杂陈的酸甜苦辣，在忍受过漫长煎熬的风吹雨打。

最终在逆境中突围、在沉默中爆发，盛开出无比娇艳的芳华。
既多姿多彩，美仑美奂。又端庄高贵，清新优雅！

为了拥有更美好的明天

是否要等到苍老了容颜，才明白生命之短暂？是否要等到世事已变迁，才追悔逝去的昨天？

是否要等到陷入了迷乱，才发觉学识太肤浅？是否要等到幸福已消散，才珍惜拥有的眼前？

命运的季风总是瞬息万变，希望的灯火时而若隐若现。

人生的船儿一路飘泊浮沉，岁月的河流注定曲折蜿蜒。

在这善恶与美丑并存的世间，我该如何分辨？又该怎样实践？

有人为财富而丧失了道德的底线，有人为权力而跌入了罪恶的深渊。

有人为正义而洒下了激昂的热血，有人为真理而奉献了一生的时间。

别让匆忙的人生留下太多的遗憾，别让宝贵的生命虚度这似水流年。

不因环境的落差而改变信念，不因他人的嘲讽而裹足不前。

不因社会的浮躁而荒淫度日，不因利益的诱惑而轻易沦陷。

当面对孤独、挫折与苦难，与其在失落中苦苦哀叹，不如在逆境中千锤百炼。

当面对虚伪、丑陋与阴暗，与其在生活中反复抱怨，不如从心底里深深呐喊：

"我要努力，我要改变，我要向命运发起挑战。
我要坚强，我要勇敢，我要将价值完整实现。"

为了拥有更美好的明天，
我在泥泞的道路上不停追赶；我在寒冷的荒野中奋力登攀；
我在孤寂的书海中反复专研；我在艰难的阻碍中勇往直前。

我相信终有一天，
我会抵达那遥远的、美丽的幸福彼岸；我会登上那光明的、雄伟的荣耀山巅；
我会奔跑在自由的、辽阔的欢乐草原；我会沐浴在娇艳的、芬芳的温暖春天。

那时我方可解甲归田，享受生命平凡——

每日与绿树为邻，与青草为伴。
追踪彩蝶飞舞，垂钓杨柳湖畔，仰望星河浩荡，看淡云舒云卷。

不惧怕青春已匆匆走远，不愧对良知于大地苍天。
那幽谷盛开的野花，定是我无比欣慰的笑靥。那林中清脆的鸟鸣，定是我精神欢乐的源泉。

向病魔宣战

无声无息，你悄然出现。后知后觉，你反复纠缠。
你的名字令人谈虎色变，你的存在使人闻风丧胆。

你来自挣扎的泥潭，你来自痛苦的深渊，你来自诅咒的恶
梦，你来自崩溃的边缘。
你是阴冷的黑暗，你是肮脏的污染，你是毁灭的死神，你
是地狱的撒旦。

你把毒瘤栽种人间，你使人类遭受苦难。

你从不感到内疚亏欠，你从不停止作恶收敛。
你认定残暴是理所当然，你认为罪恶应广泛流传。

你从不接受摇尾乞怜，你从不渴求幸福温暖。
你喜欢孤独却排斥乐观，你迷恋懦弱却害怕勇敢。

你这可恶的病魔，我已找到你的缺陷，我要正式向你宣战。

我要积极、乐观，阻止你的蔓延。我要娱乐、休闲，打压
你的气焰。
我要跑步、煅炼，突破你的防线。我要冥想、睡眠，战胜
你的凶险。

我会树立坚定的信念，我会养成良好的习惯。
我有亲人之期盼，我的身体神圣不可侵犯。

所有妖魔鬼怪靠边站，一切巫蛊邪灵快走远。

你要将我看扁，你想对我使唤。
我是雄壮高山！我是鸿飞大雁！我是快乐弥佛！我是天将下凡！

我笑我欢、我狂我颠：我骑龙过天界，伏魔降云端，遁地风沙卷，腾海波浪翻。
你愁你怨、你哭你喊：我身披烈火甲，手握惊雷剑，脚踏电光闪，怒吼震长天。

我要刺瞎你的眼，撕碎你的脸，刺穿你的心，划破你的肝。
我要让你在我的世界魂飞魄散，消失不见。从此我的天空一扫阴霾，一片慰蓝。

那时我轻摇羽扇，漫步山颠。赏蜂飞蝶舞，春花开遍；看光斗射云，红霞满天。
或轻驾小舟，畅游河湾；有爱人相随，有好友做伴。

管它今夕是何年，管它世事多变迁。
我自吟诗作歌、吹笛弄弦，天南地北调侃、欢歌笑语连连。
毋须叹，人生短；即时乐，长留恋。

永不言败

多少次流浪、多少次徘徊，曾经迷茫的我开始明白。
多少次沉思、多少次感慨，曾经昏睡的我终于醒来。

我看见自由已失去，心中万般无奈。我听见青春在道别，记忆深深缅怀。

我曾有一个梦，那里盛开着五色的鲜花、飘浮着洁白的云彩。
蓝天下，我化身为挺拔的青松轻轻摇摆；高空中我化身为盘旋的雄鹰自由自在。

可当我越过阴冷的山，跨过沧桑的海，却沾染一身尘埃！
当我尝尽孤独的苦，历尽劫难的灾，还依然充满期待。

我坚信黑暗终将会远去，光明一定会到来。
因此我的梦想从未熄灭，激情也没有离开。

接下来：我将拿起手中的盾牌，扬起心中的豪迈，吹响冲锋的号角，踏起奋进的节拍。
即使面临重重阻碍，哪怕遭受痛苦悲哀。
我不气馁、不懈怠、不抱怨、不责怪。我只会顽固的认定：生命在、希望在、便永不言败！

永不言败——成功来源于失败，花谢会迎来花开。

若没有顽强的信念，哪会有傲人的风采？若没有今日的拼搏，哪会有明日的欢快？

所有烦愁苦闷快给我滚开，我的思想由我统帅，我的命运唯我主宰。

就算是一时失利，我也会卷土重来。

绝不向命运低头！绝不向苦难屈服！永远不要被逆境击垮！永远不要被自己打败！

生命只有一次，人生没有彩排。莫要任由那时光匆匆溜走转眼已年老力衰。

珍惜眼前，把握现在，定要开创出辉煌美好的未来。

明确目标，信心满怀，相信自己是独一无二的存在。

平复内心的伤痛，扫去往日的阴霾，肩负起应尽的职责，充满对生活的热爱。

那些智慧勇敢的人，荣耀之门将为你打开。

那些善良勤勉的人，幸运之神会更加青睐。

张翼飞流行诗歌③——青春的泪痕

感怀篇

青春告别式

再也不会拉着妈妈的衣袖，倾听那奇妙的神话。
再也不会骑上爸爸的肩头，拨弄那柔软的黑发。
再也不会牵着慈祥的奶奶，抢食那滚烫的炒麻。
再也不会抱起年幼的妹妹，亲吻那稚嫩的脸颊。

再也不会独占零食，瞒着弟弟悄悄去买。再也不会偶尔旷课，只顾娱乐游戏玩牌。

再也不会喜欢一个女孩，却红着脸羞于表白。再也不会讨厌一个同学，抓起课本狠狠地摔。

再也不会小小年纪便来到陌生的城市，游荡在迷茫的街头、承受那孤独的长日。

再也不会贪恋奢华去追随金钱的影子，违背内心的良知、重复那悲惨的故事。

那些逝去的时光，伴随着故乡的小河缓缓流淌，伴随着城市的硝烟慢慢飘散。

去吧，任由它去吧！

带走天真的童颜，留下泛黄的相片。带走岁月的娇艳，留下记忆的忧欢。

我摇一摇头，挥一挥手。告别昨日的青春——肆意的年华！

去吧，就让它去吧！

送走迷途的花季，迎来成熟的年纪。送走曾经的虚荣，迎来真实的自己。

我挺一挺胸，跺一跺脚。开启理想的壮举，装上奋斗的甲衣！

终有一天，我会老去——陪伴着爱妻，守护着子女。

或许那时我已开垦出一片辉煌的天地，为家人遮风挡雨。

或许那时我依旧很卑微，还有倔强的脾气。

即使一路走来遭受过无数的挫折和质疑，我不会伤心、也不会哭泣。

我只会微微一笑，感恩来到这繁荣世纪，并平静地享受最后的人生之旅。

终有一天，我会死去——消失在茫茫的人海中，冷冷的夜空里。

就好像这世界我从未来过，又何苦别离！

在人生弥留之际，我会眨一眨眼，

多希望我的灵魂能印刻在亲人的脑海中，活跃在亲人的生命里。

那是我与世界唯一残存的联系！

如果可以，我还要饮一杯酒、品一盏茶、吟诵一段诗文、点亮一片烛光。

祈愿人间会有更好的明天，并以此祭奠人类最伟大的生命，不一样的平凡。

那感觉忽近忽远，渐明渐暗。

轻轻的像一阵风，划过无边的苍穹！

深深的像一场梦，沉睡在百年的幻影中！

FAREWELL TO YOUTH

父母的爱

又是一轮春秋冬夏，又是一年海角天崖，
又是一次亲情会见，又是一翻悲喜交加。

隔着玻璃，我拿起电话；看见妈妈的眼中闪烁着泪光，听见爸爸的口中诉说着牵挂。

这冬天飞舞的白雪似你们偷偷苍老的鬓发，那窗外凋零的枯叶似你们渐渐松驰的脸颊。

曾经的青春容颜走了，曾经的强健体格走了，岁月留给你们的是肠胃肝病高血压。

曾经的梦想希望走了，曾经的豪言壮语走了，生活留给你们的是柴米油盐酱醋茶。

爸爸呀妈妈，你们含辛茹苦将儿女养大，却从未享受过半点奢华。

你们省吃俭用操儿女婚嫁，却经常忽略自己的身体——已每况愈下。

你们为儿女承受了多少风吹雨打，你们为儿女尝尽了多少酸甜苦辣。

你们用勤劳的双手为儿女撑起一个温暖的家，你们用热辣的汗水为儿女浇出一幅美丽的画。

爸爸呀妈妈，你们用无私的关爱让儿女明白了什么是平凡又伟大。

你们用细心的呵护让儿女懂得了什么是淳朴又高雅。

你们的爱像透明的水晶——纯洁无瑕，你们的爱像盛开的花海——嫣红紫姹。

你们的爱似灿烂的阳光可以将冰雪融化，你们的爱似天堂的甘露可以使枯木发芽。

儿子心中藏着许多话，可是用尽千言万语也无法把对你们的爱呀完整的表达。

儿子心中念着许多情，可是用尽一生一世也无法把对你们的恩呀彻底的报答。

爸爸呀妈妈，你们是儿子人生路上一直守候的灯塔，你们是儿子生命天空永不离散的云霞。

你们曾教导儿子要明辨是非，你们曾嘱咐儿子要遵纪守法。

可儿子让你们失望了，也让你们伤心了。

尽管此此，你们却从未对儿子责骂，也从不揭儿子伤疤。

你们总是微笑着对儿子说："早点回来吧，一切都会好的。"

相信我爸爸，再相信我妈妈。儿子已受到法律的惩罚，儿子已付出惨痛的代价。

儿子今后一定会悬崖勒马、重振出发。

朝着光明的方向，踏着正义的步伐，去闯荡出一片天下。

既为实现自己的人生规划，也为让你们二老度过一个幸福的、欢乐的晚年花甲。

在目送你们转身离去的刹那，顿时我心乱如麻。

你们那瘦弱的身影在寒冬里站成了一只只烛焟，那温柔的烛光既照亮了儿女、也燃烧了年华！

清明遥祭

在我三岁的年纪，你便永远离我而去。

走的那样仓促突然，去的那样悄无声息。让人猝不及防，不胜嗟唏！

我甚至都来不及刻录你完整的容貌，我甚至都想不起你曾经说过的话语。

对你所有的印象，仅残留一丝模糊的记忆——

那是在镇上老街的剃头店里，我因害怕疼痛而激烈抗拒。

你对我狠狠地抽打，我冲你咆哮地哭泣。

从此在我眼中，你便一直是那样的粗暴与严厉！

后来我曾试图去把你忘记，可是周围的人又时常会将你提及。

他们总爱拿你我作比，说你聪慧，说我呆愚，说我不及你的十分之一！

那曾让我幼小的心灵感到委屈，那曾使我敏感的自尊深受打击。

渐渐地，我对你充满了一丝嫉恨，又对你产生了许多好奇。

我开始留意有关你的一切，也开始搜寻关于你的点滴。

还记得我和奶奶曾牵着手在村口等你，等来的却是一个装着骨灰的盒具！

那时我不明白发生了什么？也不知道你去了哪里？只看见亲人在哀伤，只听见邻里在叹息。

你就这样匆匆地走了，带走了家人的期许，留下无数的神秘！

你就这样悄悄地去了，去了没有烦恼的天堂，去了开满鲜花的神域！

也许在另一个世界，你仍牵挂着心爱的亲人和子女。

时时刻刻在关注她们的近况，分分秒秒在感受她们的悲喜。

只因我们有血浓于水的亲情，有难以割舍的联系。

每次看着你的相片，我总会默默注礼。每次拜谒你的坟茔，我总爱胡乱思绪。

多想你能牵我的手，带我走过这岁月的风雨。多想我能靠你的肩，和你说起那温馨的话语。

然而这份幸福的渴望却是那么遥不可及，许多美好的事物偏偏教人难以寻觅。

如今灰暗的天空已下起忧伤的小雨，荒芜的山丘已长满柔嫩的新绿。

在这祭祀先人的清明时节，我又想起你。

你的生命没有绝迹，你的血脉正在延续。

你永远在我心里，在我深深地缅怀中，在我浓浓地思念里。没有人可以代替！

当此刻多年的感伤积压在沉甸的心底，浓缩为简短的语句。

我唯有站在这清冷的人世，隔着阴阳的长河，

望向无垠的虚空对你说："亲爱的爸爸，我爱你！"

感谢那曾有你们陪伴的欢乐童年

还记得在那无忧无虑的童年，我们三兄妹手挽手、肩并肩，走在乡间的马路上笑容满面。

那时的天空特别蔚蓝，那时的阳光无比灿烂，那时的草木格外青翠，那时的空气非常新鲜。

不时有车辆和行人从我们身旁擦肩而过，不时有蜻蜓和蝴蝶在我们眼前起舞翩翩。

连绵的群山在遥远的天际若隐若现，鸡鸣和狗吠在散落的村庄忽近忽远。

慵懒的牛羊在错落的山坡上悠闲漫步，商贩和村民在热闹的集市上随意笑谈。

就在那油菜花盛开的田间，我们走在放学的路上——欢歌不断。

就在那萤火虫纷飞的夜晚，我们向着天边的流星——许下心愿。

就在那秋叶风荡漾的河湾，我们乘坐赶集的客船——流连忘返。

就在那白绒雪飘落的后院，我们抓起地上的积雪——展开激战。

我们常羡慕那来来往往的飞雁，可以飞向那陌生而未知的远方。

那外面的世界既令我们心神向往，又让我们深感不安。

时间的流水一去不返，奔驰的光阴迅疾似箭。

转眼那些青涩的笑脸、天真的语言，早已伴随着我们的成长在不觉中悄然走远。

如今那些温馨的画面、零碎的片段，已经凝固成我们的记忆在脑海中反复重现。

也许时间可以冲淡许多愁怨，却无法冲淡许多情感。

也许空间可以阻隔许多会面，却无法阻隔许多期盼。

在未来某年某月的某一天，我们会相聚、我们会团圆，我们会重温那已失散多年的温暖。

想必那时，久别后的故乡已变换新颜；想必那时，屋梁上的燕子已秋去春还；

想必那时，山坳里的迷雾已烟消云散；想必那时，风雨后的彩虹正五彩斑斓。

感谢此生有你们亲情陪伴，

无论人生会经历多少患难，无论岁月会老去多少容颜，我们兄妹兄弟之情不变。

在今后的日子里，

哥哥祝愿你们一生健康平安，永远幸福美满，就像那儿时充满欢乐的童年。

请等我回来

门前的小河还是那样的清澈吗？屋后的槐树还是在每年都开花吗？

曾经你和爷爷一起栽种的柑桔还是那样的香甜吗？亲爱的奶奶，请等我回来。

故乡的泥土还是那样的芬芳吗？村里的邻居还是那样的憨厚吗？

曾经爱吹牛皮的你还是那样的健谈吗？亲爱的爸爸，请等我回来。

慈祥的外婆还是那样的健康吗？勤劳的表哥还是那样的匆忙吗？

曾经爱说爱笑的你还是那样的欢乐吗？亲爱的妈妈，请等我回来。

夏夜里的星空还是那样的明亮吗？田野里的蛙鸣还是那样的清脆吗？

曾经我们一起追过的萤火虫还是那样的迷人吗？亲爱的妹妹，请等我回来。

屋梁上的燕子还是在春天回来吗？水田里的鳝鱼还是在夜晚出没吗？

曾经我们一起捉过的螃蟹还是那样的顽皮吗？亲爱的弟弟，请等我回来。

——等我回来，我会挽着奶奶的手，在乡间的道路上行走。
那时野花开遍了枝头，清风吹起了温柔。

——等我回来，我会跟在爸爸的身后，在热闹的集市上漫游。
那时大雁飞过了蓝天，白云浮上了新楼。

——等我回来，我会守在妈妈的厨房，品尝那熟悉的鲜香。
那时幸福冲淡了忧伤，心情充满了欢畅。

——等我回来，我会坐在妹妹的身旁，听她诉说多年的过往。
那时阳光照耀了心房，声音陶醉了时光。

——等我回来，我会搭在弟弟的肩膀，垂钓在蜿蜒的河塘。
那时杨柳跳起了曼舞，鱼儿溅起了波浪。

——等我回来，我会珍惜每一寸光阴，流连每一处风景；
去积极努力的打拼，去改善家庭的环境。

我会永远铭记那些儿时发生的故事以及我最最挚爱的亲人。
你们用无私的关爱温暖了我的生命，你们用灿烂的笑容丰富了我的青春。

无论人生还会有多少的风雨，无论未来还会有多少的困境。让我们手牵手、心连心，一起面对、一路同行。

我相信历尽磨难的人生即将会开始新生！我相信顽强蜕变的生命一定会迎来光明！

天堂里的泪光

再也看不见你慈祥的面容，再也听不见你熟悉的声音。
那被岁月刻满的皱纹已消失在一个清冷的乡村，
那被风霜侵蚀的泪痕已终了在一个冬日的黄昏。

你匆匆地走尽了人生的旅程，又悄悄地踏上了归去的彩云。
在阵阵凄凉的哀乐声中，带走了积压的烦愁苦闷，也带走
了多年的喜乐欢欣。
只留下一个记忆深深的背影，让许多挚爱的亲人在无奈而
叹息的夜晚，点亮思念的明灯！

你曾经历过懵懂的青春，体验过平凡的婚姻。
也曾感受过人情的冷暖，饱尝过生活的艰辛。

回头看，一切似梦似幻，人世间，存在亦假亦真。
所有的生命都仿佛只是过程，所有的事物都注定无法永恒。

也许人们生来是时光的倒影，死去是历史的烟尘。
那些曾满怀希望的憧憬，那些曾刻意追寻的完整，终将在
一瞬间化为灰烬。

然而我却固执的相信：你有永生不灭的灵魂。
会化作春雨甘露继续滋润我的心灵，会化作晴朗阳光不断

温暖我的生命。

我会带上你的祝愿积极前行，我会牢记你的教诲蜕变新生。
我会翻出你的记忆时而遥想，我会沿着你的足迹一路凝望。

在你走过的地方——
依然有清风吹拂，依然有白云飘荡。依然有绿水长流，依然有百花绽放。
依然有飞鸟高歌，依然有鱼群戏浪。依然有寒暑交替，依然有人来人往。

只是再也没有人——
陪我在喜庆的节日里走亲探访，陪我在集市的面摊前热辣品尝；
陪我在老屋的火炉边笑语朗朗，陪我在空旷的田野中放声歌唱。

你走得如此匆忙，竟来不及告诉我将去向何方？可是我知道、我知道你去了天堂！

那有天使守在你身旁，替我亲吻你憔悴的脸庞；
那有圣母抚慰你心灵，为你洗去这岁月的沧桑。

如今你已不必再为我牵挂，也已无须再为我感伤。
我已走出这人生的迷茫，将要奔向那辽阔的远方。

我会乐观、我会坚强，我会把你的爱一生珍藏。你是我心中永远、永远难忘的故乡！

等到日后苦难终结，不孝子孙迟迟归来。

我会来到你的坟前虔诚拜望，向你诉说我崇高的理想，让你看看我变化的模样。

只是那时，谁来陪我在璀璨的夏夜里抬头仰望？

也许那满天星河有你眼中闪烁的泪光，会让我看见你曾有过的欢乐与忧伤！

流浪荒原

不要再问我幸福是什么？我的视线只有黑白而没有颜色！
不要再问我梦想是什么？我的命运只有接受而没有选择！
不要告诉我欢乐是什么？没有朋友会温暖我破碎的心窝！
不要告诉我爱情是什么？没有恋人愿陪伴我流浪的生活！

我渴望幸福却茫然无助，我怀揣梦想却身陷迷途。
我向往欢乐却遭受痛苦，我期待爱情却倍感孤独。

我看不清前行的方向，也道不尽心中的迷茫。
我失落忧伤、我孤独惆怅、我憔悴沧桑、我麻木彷徨。

我许下美好的愿望，寻觅在拥挤而喧哗的劳务市场；我拖着笨重的行囊，逗留在简陋而低廉的双层铁床。
我带上好奇的眼光，穿梭在漫无目的的公交车上。我穿着陈旧的衣裳，徘徊在五彩缤纷的商业广场。

这里的繁华都与我无关，这里的人群都和我无缘。
我异乡做客、居无定所，我身心疲惫、远方飘泊。
我不知明天会在哪里度过！也不知未来会在何处停泊！

我仿佛一具行尸走肉，我仿佛一只孤魂野鬼。
可怜这世界之大竟无以为家。问家在何处？我家在天崖！

我像四处飘零的风，游荡在无人问津的长街；我像漫天飞舞的雪，洒落在无人知晓的旷野；

我像连绵凄厉的雨，坠落在无穷无尽的黑夜；我像枯萎凌乱的叶，纷飞在苍凉萧瑟的季节。

这流浪的生活似反复纠缠的魔，我想要逃走却又无力争脱！

我听过这世上最伤心的情歌，我走过这城市的每一处角落——

那解放碑前的步道有我行走的足迹，那嘉陵江里的碧波有我流出的泪滴。

那老君洞上的楼台有我沉长的叹息，那南山园里的樱花有我闻嗅的记忆。

也许我注定是一颗浮萍，此生无依无靠。也许我注定是一粒尘埃，存在微不足道。

也许我注定是一湾流水，永远不停奔跑。也许我注定是一片哀愁，只能远离欢笑。

我像飘浮不定的云，飘浮在极其苦闷的冬天；我像朦胧虚幻的烟，缭绕在阴暗弥漫的深山；

我像随波逐流的船，飘泊在浪涛汹涌的海面；我像万里孤飞的雁，哀鸣这满目疮痍的人间。

这泥泞而坎坷的路啊，究竟哪里才是我流浪的终点！
是冰冷绝望的大桥上？还是生无可恋的悬崖边？

难道我要背负耻辱的离去？留下自私与懦弱的骂名？不、我不甘心，不、我不愿意。

谁叫生存必背负着责任和压力，谁叫生命不允许剥夺与放弃。

可我在悲叹什么？我又在哀怨什么？谁不曾有过心酸与失落？谁不曾经历痛苦与挫折？

人生的道路在沉沦中颠簸，生命的光辉在逆境中闪烁！

我不要再妄自菲薄，我不要再自甘堕落。我不要再精神萎靡，我不要再岁月蹉跎。

我要坚强振作，我要奋力拼搏，我要迎接挑战，我要勇敢突破。

我要走出这流浪荒原，我要登上那秀美山巅。

我要像藤蔓向上攀爬，我要像榕树自由伸展，我要像朝阳冉冉升起，我要像白鹤振翅高歌。

我会擦干眼泪、挥别从前。我会溢满笑容、拥抱今天。

我会沿着圣人的脚印在阳光下前行，我会涌起英雄的豪情在征途上迈进。

你听那狂风掀起的江涛，正是我发誓改变的声音！

你看那幽谷盛开的野花，定是我悄然安放的灵魂！

凝望随想

别乡寻梦不曾梦，长江无常似梦中。风灯月柳花溅波，孤步天崖谁比和？

人生漫漫无常路，只是天崖魂飞苦。青天之处皆我家，数度泪海未曾出！

那是我孤独地凝望——城市的桥下，奔流的长江。

那是我寂寞地欣赏——隔岸的灯火，辉映的月光。

谁知道我走过的地方，背负着沉重的行囊？谁看见我歇下了脚步，紧闭那湿润的眼眶？

谁会在意我飘零的过往？谁能体会那失落的忧伤？

无数次迷惘，无数次彷徨，一个人流浪！

那是我长久地凝望——铁栏窗外，宁静的村庄。

那是我自由地向往——挚爱的亲人，温暖的家乡。

谁知道我流浪的路上，为美好生活而奔忙？谁看见我误入了歧途，被关进幽暗的牢房？

谁会在意我现在的处境？谁能体会这囚禁的悲凉？

无数次夕阳，无数次盼望，一个人沧桑！

就让炎热的骄阳烘烤吧——我不安的身心，就让连绵的秋雨洗尽吧——我杂乱的灵魂。

就让寒冷的大雪冰封吧——那罪恶之门，　就让祥和的春风唤醒吧——这迷途的人。

会有一天，当我走遍了世界，尝尽了冷暖。回头看，会发现。

那些历尽的心酸是人格独立的考验。它使我不畏孤独，纵行于万水千山。

那些遭受的苦难是人生改变的呐喊。它使我不惧风暴，扬起奋进的风帆。

告别了十年

让我再多看一眼、让我再多看一眼，把你的模样刻在脑海——永不改变。

让我再多听一遍、让我再多听一遍，把你的声音留在心里——深深思念。

前方的路，幽幽暗暗。前方的路，曲曲弯弯。
我会想你的微笑在无数次苦闷的夏季和冬天！

前方的路，遥遥漫漫。前方的路，磕磕绊绊。
我会念你的名字在无数次孤独的白昼和夜晚！

不知道我们刑满会在哪一年？不知道我们重逢会在哪一天？
或许那时你已离去，我已走远。

早知道结局是如此悲惨，就算用全世界来交换自由我也不愿。

我多想回到从前，回到我们牵手的地点。
在那里陪你逛街、陪你吃饭、陪你逗乐、陪你游玩。

我多想回到从前，回到我们相爱的房间。

在那里和你斗嘴、和你言欢、和你拥抱、和你缠绵。

可惜时光并不会倒流，青春并不能重返！

曾经那些垂手易得的平凡，却成为此刻最遥不可及的梦幻。
曾经那些点点滴滴的爱恋，更成为记忆中最温馨最唯美的画面。

亲爱的，多保重身体，要健康平安，我们要告别了十年。
你说的很平淡，但一瞬间泪水已划下你冰冷的脸。

告别了十年，告别了青春的时间，告别了这座城市的繁华云烟！
告别了十年，告别了蜜语和甜言，告别了心爱的人那美丽容颜！

望着你的背影渐行渐远，
仿佛一颗璀璨的流星消失在天边，仿佛一朵紫色的流云消散在莽原。

最难忘记是你那忧郁的双眼，像一把锋利的利刀刺中我无助而哀怜的心间。
最难忘记是你那憔悴的笑脸，像一块沉重的巨石压在我痛苦而撕裂的胸前。

告别了十年，告别了十年，告别了、告别了、告别了十年！

再也回不去

当记忆的花园已逐渐荒芜，那温暖的阳春已缓缓落幕。
这时荒凉的大地已升起了迷雾，无尽的心酸在幽暗中起伏。

当往日的寒风又悄然袭来，那受伤的蝴蝶已停止飞舞。
这时火热的激情已失去了温度，温柔的脸庞已转变成麻木。

当频繁的争吵已撕裂了情感，那绝望的泪水已凝结成露珠。
这时远方的鸟儿已开始哀鸣，垂死的婚姻将宣告结束。

也许每一段恋情从亲密到生疏，从欢乐到坟墓。
那所有突变的背后，都经历过漫长的潜伏。

有些相爱是一种错误，注定会让人感受到痛苦。
许多表面的伤口容易愈合，可是内心的伤痛最难修复！

我知道前方的天空已不再明朗，美丽的世界已沦为废墟。
我知道憧憬的未来已看不到希望，整洁的路面已布满了淤泥。

那没有自由的婚姻如同封闭的牢笼——无比压抑。
那没有信任的关系如同脆弱的连结——不堪一击。

那些伤人的话语像断了线的风筝，再也收不回！
那些温馨的画面像不可逆的流水，再也回不去！

原来爱上一个人可以无畏，而割舍一段情也可以彻底。

既然观念已无法调和，那又何苦再勉强维系？
既然彼此都心灰意冷，那又何苦再留恋往昔？

当默契的心灵已产生了遥远的距离，
那支离破碎的爱情啊、爱情啊，再也伤不起！再也伤不起！

当敞开的心扉已学会了紧紧的关闭，
那幸福甜美的时光啊、时光啊，再也回不去！再也回不去！

张翼飞流行诗歌 ——心中的阳光

哲理篇

人生最宝贵的财富

有人说："权力和金钱为万能之物，可支鬼为差、遣人为奴；可遇河搭桥、逢山开路。"

有人说："华名和美色如仙乐之舞，可神采奕奕、光宗耀祖；可花下风流、逍遥无数。"

有人说："它们是罪恶之源，会将纯洁的心灵彻底玷污，会被贪婪的欲望引入歧途。"

有人说："它们是堕落之渊，会把自由的思想牢牢禁固，会让生命的探索停止进步。"

这世间有太多的痛苦和太多的迷雾，也有太多的欢笑和太多的幸福。

不是所有人都会为名利而牵肠挂肚，都会被欲念而紧紧束缚。

有人为崇高的信仰而义无反顾，有人为简单的真理而风雨无阻。

有人为民族之大义而奋斗终生，有人为人间之小爱而热心帮助。

人们整日忙忙碌碌，为了生活风尘仆仆。有时内心一直在追问：

"是什么带给我悲伤？是什么赐予我痛苦？

在这茫茫的大千世界，什么才是人生最宝贵的财富？"

我想不同的人生会有不同的解读，不同的经历会有不同的感触。

当人们临近死亡，生命便是人生最宝贵的财富。

当人们疾病缠身，健康便是人生最宝贵的财富。

当人们年老力衰，青春便是人生最宝贵的财富。

当人们受尽歧视，尊严便是人生最宝贵的财富。

当人们流落街头，安稳便是人生最宝贵的财富。

当人们异乡飘泊，亲情便是人生最宝贵的财富。

当人们失恋伤感，爱情便是人生最宝贵的财富。

当人们倍感孤独，友情便是人生最宝贵的财富。

当人们身逢战乱，和平便是人生最宝贵的财富。

当人们身陷囹圄，自由便是人生最宝贵的财富。

当人们遭受不公，平等便是人生最宝贵的财富。

当人们集体沉沦，正义便是人生最宝贵的财富。

当人们道德失守，良知便是人生最宝贵的财富。

当人们虚情假义，真诚便是人生最宝贵的财富。

当人们冷漠旁观，热情便是人生最宝贵的财富。

当人们斤斤计较，宽容便是人生最宝贵的财富。

当人们迷失方向，目标便是人生最宝贵的财富。

当人们百般迷惑，知识便是人生最宝贵的财富。

当人们意志消沉，希望便是人生最宝贵的财富。

当人们裹足不前，勇气便是人生最宝贵的财富。
……

短暂的人生终将会落幕，所有的生命终归于尘土。
何必去计较曾经辛勤的付出，何必去追寻那些奢侈的满足。

珍爱眼前的时光，善待身边的事物。莫要等到走远才伤心欲绝，莫要等到失去才后悔当初。

人生最宝贵的财富，不是手握权力兵符，不是坐拥金钱无数。不是搏取华名炫耀，也不是纵欲美色无度。
而是肩负起自己应尽的责任和义务。

去走上一条光明的坦途，去搭建一个温暖的归宿。
去发现平凡生活的美好，去塑造生命价值的高度。

用真诚和智慧的言行，将脚下荒芜的土地变成一片美丽而欢乐的国度。

它也许是一日欢歌笑语的朝暮，也许是一次痛彻心扉的领悟，
也许是一生无怨无悔的奉献，也许是一座丰功伟绩的坟墓。

它不在那遥不可及的远方，而是潜藏于我们积极的、乐观的、善良的、平静的心灵深处！

像一片灿烂的阳光，在广袤的大地上悄然遍布。
像一条清激的溪流，从寂静的山谷中缓缓流入。

像一朵纯真的白云，在洁净的天空上优雅飘浮。

像一面鲜明的旗帜，在平凡的世界中迎风飞舞。

静心

德圣轩

轩製
德聖

告别忧伤

不要在人生的路上纠结于过往，那样只能使愁绪滋长、只能令心情沮丧。

谁不曾有过失落与忧伤？谁不曾有过痛苦和彷徨？

如果不跨越眼前的阻碍，又怎能去抵达那期盼的远方？

如果不拥抱今天的时光，又怎能去创造那明日的辉煌？

学会将忧伤遗忘，学会把痛苦埋葬。

别让消沉的意志主导人生，别让怨恨的毒素残留心上。

没有任何财富可比健康的思想，没有任何嘉奖可比品质的高尚。

让昂扬的热血奋勇激荡，让可爱的善良闪耀光芒。

直到爽朗的笑容又浮上你纯真的脸庞，直到宽容的度量又回到你平和的胸膛。

打开心灵的门窗，拆出心理的围墙。

让自私的灵魂懂得体谅，让封闭的思维与外部接壤。

解开缠绕的绳索，响起欢乐的歌唱。

让生命的舞姿优美展现，让骄傲的自信在未来成长。

当面对失意的挫折、恶意的中伤。不要悲观，不要沮丧，要用积极的行动来奋发图强。

没有什么困难不可战胜，也没有什么美好不可向往。
只要我们心中明亮、意志坚强，便不害怕被黑暗笼罩、被苦难阻挡。

人生没有可以逃避烦恼的地方，也没有可以直达幸福的天堂。
它需要我们扛起家庭的重担，背负美丽的梦想。去拼搏、去闯荡、去谱写出无与伦比的篇章！

多一点理解，少一点冲撞。不在失落中迷茫，不在困境中绝望。
只要头顶有一片天空，便可以自由翱翔。只要心灵有一片海洋，便可以欢乐游荡。

走出往日的阴影，迎接灿烂的阳光。远离曾经的悲痛，寻觅沿途的芬芳。
挥挥手，告别忧伤——
告别流过的泪水与心痛，告别沉重的叹息与悲凉。

让生命充满希望，让乐观漫天飞扬；
你会发现这世界，原来有无限美妙的风光。

欢乐法宝

每个人都讨厌烦恼，每个人都渴望欢笑。每个人都排斥悲伤，每个人都向往美好。

可却少有人知道那醉人的欢乐它会在何时来到？又该去哪里寻找？

它或是藏于慈善的救济中无人知晓，它或是藏于智慧的佛塔中日日清扫。

它或是藏于融洽的人际中春风满面，它或是藏于感恩的世界中真诚祈祷。

如果你是自由的风，就不必害怕被捆住手脚。如果你是热情的火，就不必害怕被卷入寒潮。

如果你是前进的水，就不必害怕被泥沙阻挠。如果你是宁静的山，就不必害怕被黑暗笼罩。

欢乐有些奇妙，欢乐有点灵巧。

它是在乐观的土地上积极建造，它是在知足的乐坊里尽兴逍遥。

它是在日常的生活中轻松调侃，它是在恩爱的情夜里放纵妖娆。

它不在意华丽的外表，只尊重儒雅的礼貌。它不喜欢刻板的教条，只眷恋悠扬的曲调。

别让大好的时光白白溜走，别让年轻的心态渐渐苍老。
要让沉寂的生命燃起希望，要让失落的灵魂阳光照耀。

就像白云在天空漫游，就像蝴蝶在花丛围绕，就像鱼儿在水底嬉戏，就像野兔在山谷奔跑。

欢乐非常重要，欢乐必不可少。
它需将优秀的品质全面提高，它需将不良的习气统统扔掉。
它需为迷茫的人生指明方向，它需有坚定的信念绝不动摇。

它可以随心但不可胡闹，它可以自信但不可狂傲。
它可以不争但不可消极，它可以激动但不可浮躁。

不为虚荣的名利而钩心斗角，不为琐碎的小事而斤斤计较。
一切听从善良的指挥，永远忠于自己的喜好。

仿佛那可爱的小鸟，整日没心没肺地歌唱，常常欢天喜地的舞蹈。
仿佛那淘气的花猫，时而慵懒深沉的鼾睡，时而无拘无束地蹦跳。

欢乐并不深奥，欢乐简单明了。
每个地方都是欢乐的城堡，每刻时光都有欢乐的预兆。

那是沉醉于头顶澄澈的蓝天，那是流连于脚下碧绿的芳草。
那是玩乐于手中休闲的棋牌，那是品味于口中鲜香的菜肴。

它随时都在，也随处可找。

或为一个惊喜而欢呼雀跃，或为一次浪漫而深情拥抱。

或为一份感动而潸然泪下，或为一句幽默而开怀大笑。

这便是欢乐最真实的写照，这便是欢乐最珍贵的法宝。

我要让每个人知道，我要向全天下公告。

如果人人的脸上都溢满欢笑，那么我们的世界会更加美好。

秋 思

春天的花儿谢了，夏天的野草枯了，秋天的风儿你在吹什么？

或许你是在哀叹：这美好的光阴总是如此的短暂，
像一支迅疾的飞箭，转眼便消失在回忆的昨天！

美丽的蝴蝶老了，优雅的蜻蜓哭了，飞舞的燕子你在想什么？

或许你是在思索：再美丽的生命终会像黄叶般飘落。以后谁还会记得——

这世界我曾经来过，曾爱过、曾恨过、也曾努力的奋斗过。

连绵的秋雨停了，隐隐的霞光明了，村里的鸡鸭你在叫什么？

或许你是在提醒：旧的时光已经远去，新的一天已经来临。
是发奋图强去改变自己的命运？还是任由风暴来摧残这失落的灵魂？

朦胧的迷雾散了，起伏的山丘现了，圈里的牛羊你在等什么？

或许你是在期待：演绎平凡的精彩——
每天自由地欢快，扫去心中的阴霾、时刻积极地进取，开创崭新的未来。

午后的阳光烈了，水里的鱼儿乐了，稻草里的蛇儿你在游什么？

或许你是在寻找：一个坚定的目标，一座欢乐的城堡——

不需要万千的财富，只需有心灵的美好。不需要至高的权位，只需有灿烂的欢笑。

地里的柑桔熟了，田里的青蛙跳了，树上的知鸟你在说什么？

或许你是在诉说：既然有忧伤也会有欢乐，既然有失去也会有收获。

与其在痛苦中沦落，不如在艰难中开拓。去努力、去拼搏、去活出生命的洒脱。

天空的云儿红了，夕阳里的微波醉了，池塘边的狗儿你在追什么？

或许你是在追逐：那停靠在远方的幸福，那伸展在心中的抱负。

那里没有悲伤、没有痛苦，只有一片心中盛开的莲花在摇曳飞舞。

收割的季节到了，谷仓里的粮食满了，忙碌的农夫你在笑什么？

或许你是在盘算：怎样使生活过的美满？怎样让生命更有尊严？

当你用尽一生的勤奋和节俭，只为妻儿能换来一个温馨与欢乐的家园！

满天的繁星亮了，高高的月儿圆了，竹林里的蟋蟀你在唱什么？

或许你是在歌颂——那些历尽苦难的伤痛，那被泪水滋润的面容。

若没有秋季的枯萎，哪会有春日的花红？若没有失意的低谷，哪会有崛起的高峰？

屋里的电视机关了，桌上的台灯熄了，睡床上的孩童你在梦什么？

或许你是在畅想：兄弟姐妹能永远团结，爸爸妈妈能永远健康。

长大后为家里修一幢洋房，然后娶一个新娘，生几个孩子，一家人幸福安康。

不一样的幸福

我问太阳什么是幸福？它说把光芒照耀大地就是幸福。
我问月亮什么是幸福？它说把清辉洒满人间就是幸福。
我问天空什么是幸福？它说任白云自由飘荡就是幸福。
我问海洋什么是幸福？它说任鱼儿随波逐浪就是幸福。

我问山川什么是幸福？它说有河流紧紧缠绕就是幸福。
我问森林什么是幸福？它说有鸟儿欢歌载舞就是幸福。
我问清风什么是幸福？它说将百花轻轻吹开就是幸福。
我问小雨什么是幸福？它说将万物悄悄滋润就是幸福。

我问人类什么是幸福？他们说可保障永久和平就是幸福。
我问人民什么是幸福？他们说可行使正当权利就是幸福。
我问教师什么是幸福？他们说用知识消除愚昧就是幸福。
我问善人什么是幸福？他们说用博爱温暖人间就是幸福。

我问思想家什么是幸福？他们说为人类谋取福利就是幸
福。
我问企业家什么是幸福？他们说为社会创造价值就是幸
福。
我问追梦人什么是幸福？他们说去实现人生理想就是幸
福。
我问旅行者什么是幸福？他们说去走过无数风景就是幸

福。

原来关于幸福；不同的事物有不同的描述，不同的立场有不同的解读。

不同的人群走上不同的道路，不同的人生追寻不一样的幸福！

人们历尽艰辛，饱尝苦楚。只是为了去奋力追逐——追逐那些名叫美好的幸福。

小时候，幸福是妈妈熬煮的一碗鸡汤。长大后，幸福是爸爸沏泡的一壶清茶。

成家后，幸福是爱人深情的一次拥抱。老去时，幸福是子女温馨的一句关怀。

它是属于家庭的和睦，它是安放灵魂的归宿。
仿佛那温暖的阳光照耀在宁静而安详的翠绿山谷。

它是精神特有的丰富，它是物质简单的满足。
仿佛那滋润的春雨飞扬在平凡而精彩的广阔领土。

它像一堆塔积木，需要慢慢叠加才能形成高度。
它像一本圣贤书，需要细心理解才能有所领悟。

所以定义幸福；是以积极的进取和乐观的态度，
去淡化悲痛、走出孤独，学会真诚、懂得宽恕，将快乐在今天留住。
它不论贵贱、也不分贫富。

或因开怀而笑、或因感动而哭，它藏于我们每个人的心灵深处。

成功法则

怎样的人生才算成功？每个人的答案各有不同——
有人求取于财富的丰厚，有人追逐于事业的昌隆。
有人偏爱于声名的显赫，有人向往于权位的高峰。
有人安乐于家庭的和谐，有人渴望于世人的尊重。

其实成功并不难懂，它从不青睐于慵懒的富贵，也从不嫌弃于努力的贫穷。
而是以非凡的智慧去开创未来，用坚韧的毅力去跨越寒冬。
最终迎来春日的阳光，开出遍山的花红。
就像那屹立不倒的雪地青松，就像那五彩斑斓的风雨彩虹。

其实成功不难编织，只需将环境的劣势转换为发力的优势。
在孤独中加速学习与反思，在贫困时修正涵养和品质，
在挫折中筑牢前进的基石，在苦难中磨砺顽强的意志。
最终完成梦想的飞跃、实现人生的价值，展现出生命最耀眼的风姿。

成功的路上难免会布满坎坷，
沿途既有迷失的森林与荒凉的沙漠，又有险恶的高山与喘急的江河。
人们只要有勇气在阻碍中前行、在艰难中开拓，就能在逆境中崛起，成为生命的强者。

成功源于专注，成功在于执着。

它需有明确的目标与激昂的烈火，也需有持久的勤勉与坚定的原则。

对现在对未来充满狂热，对家庭对社会尽心尽责。

以一颗匠心去奋力拼搏，用一份耕耘换一份收获。

遇事临危不乱，从容不迫。多问为什么？多想怎么做？

做事雷厉风行，光明磊落。不纵容于邪恶，不求助于神佛。

善审时夺势、运筹帷幄，可革新求变、大开先河。

将理论与实践完美结合，给出明智的预判，做出合理的决策。

不为犯下的过失而巧言开脱，不因现时的失意而背弃承诺。

遵从兴趣的选择，唱起希望的高歌。迈出自信的步伐，创造美好的生活。

不在艰难中退缩，不犯同样的过错。享受奋斗的过程，看轻最后的结果。

让生命的清风自由飞舞，让心灵的天空永远辽阔。

这便是成功必备的法则——

从事有益的工作而造福社会，实现人生的价值而超越自我。

树立端正的品行而受人尊重，构建温暖的家庭而尽享欢乐。

成
功

丁酉年仲秋

昨天、今天与明天

昨天，所有的一切都匆匆走远，发生的事实已无法改变。只剩下残留在记忆深处的悲欢，像一缕飘浮的云烟，像一场深沉的梦幻。

今天，家庭的重担已扛在双肩，琐碎的生活正缠绕眼前。
不如去勇敢的迎接命运的挑战，像一株不屈的野草，像一只顽强的海燕。

明天，幸福的甜蜜会浮上笑脸，美妙的歌声会乐透心间。
而人生的价值也将会完整的呈现，像一轮升腾的红日，像一片浩瀚的蓝天。

光阴荏苒，生命短暂。不必在昨天的回忆里苦苦哀叹，
也不必在今天的落寞中顾影自怜，更不必在明天的失望中反复抱怨。
既然无法选择昨天，那么可以把握今天，去拼闯、去登攀、去开创出辉煌灿烂的明天。

人生难免会遭遇坎坷，生活注定会饱尝辛酸。
可是圣洁的灵魂不会腐朽，顽强的精神不会沦陷。

积极面对每一次挫折，乐观拥抱每一次苦难。每天进步一

点点，月积年累将富变。

只要以谦卑的姿态来进取，人生就不会悲观。只要用昂扬的斗志去拼搏，命运就可以改变。

尊重客观的事实，消除主观的偏见。增强广泛的认知，摆脱苦命的纠缠。

或把握机遇、或创造条件，去谱写出壮丽的史篇，去开启那崭新的纪元。

燃起心中的烈火，拔出尘封的宝剑，向着光明的远方，扬起奋进的风帆。

让生命起舞翩翩，使人生不留遗憾。

像一匹骏马奔驰在辽阔草原，像一只雄鹰翱翔于天地之间。

昨天、今天与明天，像一根长长的曲线，像一条道路的两端，像一本厚厚的书页，像一棵树木的枝干。

它们既彼此区分又紧密相连。

如果没有昨天经历的坎坷，又怎么会有今天丰富的经验？

如果没有今天不懈的奋斗，又怎么会有明天昌盛的发展？

如果没有明天美好的期待，又怎么会有脸上欢乐的笑颜？

反省吧，昨天！失败的教训应不容遗忘，伤痛的经历更不许重演。

行动吧，今天！制定的目标将取得进展，精彩的梦想会阶段实现。

憧憬吧，明天！人生的山谷会开遍鲜花，生命的果园会溢满香甜。

白云说

君莫说：白云高，白云远，白云深处雨雪寒。

我却道：白云乐，白云欢，白云朵朵在眼前。

莫怪白云雨雪寒，只怕君心不乐观。

凡事皆宜向前看，长距离会缩短，小空间会拓宽。

君不见：消沉暗，易沦陷，积极勇敢破万难。

君莫说：白云虚，白云幻，白云空悬不着边。

我却道：白云美，白云嫣，白云拂裳绣烟蓝。

莫怪白云不着边，只怕君心不靠岸。

凡事皆有正反面，识缺点补优点，弃丑恶扬美善。

君不见：成功路，有辛酸，光彩背后多磨练。

君莫说：白云杂，白云乱，白云无常爱生变。

我却道：白云清，白云淡，白云笑看红尘怨。

莫怪白云爱生变，只怕君心不平坦。

凡事皆宜知足满，人此生本平凡，过生活应简单。

君不见：为财权，酿悲惨，幸福无缘愁相伴。

君莫说：白云聚，白云散，白云与我不相干。

我却道：白云悠，白云闲，白云常住我心田。

知识的力量

知识就像青翠的森林，使人得以自由的呼吸与健康的生存。
知识就像浩瀚的天空，可以容纳四季的云彩与变幻的星辰。

它是人类文明的结晶，它是历史代代的传承，它是自然规律的运转，它是日常生活的见闻。
它从广泛的好奇中孕育，在反复的总结中诞生。
它不是停留在纸上的书面理论，而是与现实接轨的实用技能。

它不苛求有极高的天赋，但却需要去努力的耕耘。
它不代表着光鲜的文凭，而应塑造出优良的品性。

它是人们思想的灯塔，是所有行动的方针。它激励人们去勇敢前行，它鼓舞人们要奋力攀登。

如果没有它：人生将失去自信，意志将长期沉沦，素质将变得低俗，生命将丧失激情。

知识是观察世界的一扇窗口，是认识自己的一面明镜。
知识是生命不可缺失的营养，是人生最最重要的组成。

它是成功与幸福的保证，它是正义与真理的化身，它是哲学与伦理的基石，它是文化与艺术的灵魂。

它能抵御冬天的寒冷，终结失落的苦闷。它能清除灵魂的污垢，保持深刻的反省。

它教人们明辨是非，并解答无数疑问。它教人们制止迷信，使鬼神遁于无形。

它教人们预见未来，可防止悲剧发生。它教人们胸怀大志，去创建卓越功勋。

如果拥有它，幸运会从天而降，事业会蒸蒸日上、命运会彻底改变，心情会无比舒畅。

知识是翱翔于天空的翅膀，是播散在大地的芳芳。

知识是穿透于黑暗的阳光，是激荡在心灵的海洋。

它有一股强大的力量，可使人在迷途中找到方向，在绝境中燃起希望。

它使柔弱变得坚强，它使贫穷走向兴旺。它使粗鲁回归优雅，它使邪恶重返善良。

它似神明的慧眼，可于千里之外，拨开厚厚迷雾，洞悉事物的真相！

它似英雄的武器，可在乱世之中，杀出重重围困，挽救国家之危亡！

如果你的人生正陷入迷茫，不必惊慌，请用知识在沿途画一个太阳。

让它为我们送来温暖，让它给我们指引方向！

如果你的事业正处于低谷，不要气馁，请用知识在心中建一座城邦。

让它为我们遮风挡雨，让它助我们创造辉煌！

感恩世界

每当听到婴儿的啼哭声，总会庆幸生命是如此幸运。
每当遇到热情的好心人，总能感受社会是百般温馨。
每当走在繁华的大街上，总会惊叹文明在大步前行。
每当面对清新的大自然，总想发出由衷的赞美心声。

这世间的一切是多么迷人，让人眷恋也让人欢欣。
这纷繁的万物都具有灵性，彼此关联又相互牵引。

若没有广阔的天地，哪会有我们自由的旅程？若没有绿色的生态，哪会有我们宜居的环境？
若没有科技的发展，哪会有我们富饶的生活？若没有亲朋的关爱，哪会有我们爽朗的笑声？

在这无比美丽的蓝色星球，在这无限美好的崭新时代。
我们因爱而生、向善而行，怎能不充满感激之情？

你看天空在感恩着春雷降临，你看大地在感恩着雨露滋润，
你看鸟兽在感恩着山野栖息，你看海洋在感恩着浪涛翻滚。

那是它们对现实最充分的肯定，那是它们对未来更乐观的憧憬。

我怀着无比虔诚的心来感恩世界，感恩世界赐予我所有的一切。

在这不停变幻的人生季节，让我领略不一样的春树冬雪，让我感受不一样的夏花秋月！

沿途尽管有秋叶凋零，尽管有寒风凛冽。

可是我们依旧在用心倾听、用爱连接，与人分享心中的忧伤和喜悦。

人生难免有悲欢离合，难免有坎坷艰辛。

可是我们深信，只有经历过酸甜苦辣的人生才算完整、才懂感恩。

感恩父母、兄弟与爱人，赐予我生命、给予我关怀，并与我结伴同行。

感恩老师、朋友与近邻，授予我知识、带给我温暖，并和我缔结缘分。

感恩挫折、苦难与困境，激发我独立、激励我坚强，激起我不懈斗争。

感恩阴暗、丑陋与恶心，教导我深思、教育我反省，教会我时刻警醒。

但愿世人都健康长寿、幸福安宁。但愿人类能团结友爱、自由平等。

但愿祖国会自强不息、繁荣昌盛。但愿世界将终绝战争、永远和平。

让我们拥抱黑夜、拥抱光明，拥抱弥足珍贵的每一寸光阴。

让我们忏悔私欲、忏悔心灵，忏悔曾经过错的每一次言行。

让我们善待自己、善待他人，善待相识相遇的每一个路人。

让我们珍爱生活、珍爱生命，珍爱来之不易的每一段真情。

感恩我们脚下的土地，感恩我们守望的彩云，感恩我们心中的阳光，感恩我们纯洁的灵魂。

感恩我们依恋的歌谣，感恩我们喜爱的电影，感恩我们花样的年华，感恩我们绚烂的青春。

......

常怀一颗感恩之心，保持一份从容淡定。清除许多浮思杂念，减少许多憎恶怨恨。

你会看见、你会听见，周围尽是美丽的风景，处处都有悦耳的详音。

感

謝

张翼飞流行诗歌 5——岁月的河流

综合篇

野草吟

有人说："生来是为了炫耀，所以将金钱列为目标。"
有人说："存在是为了比较，所以为名利勾心斗角。"

人世间本没有复杂纷扰，只有庸人才自寻烦恼。
我想是人们的心太过于浮躁，已背离正确的人生信条。

我慢慢地走着、静静地思考，我在寻找——寻找一种强大
的精神来将迷惑的世人引导。
突然我看到——在路旁的石缝中生长着一株野草。

它孤独又丑陋、瘦弱又渺小，仿佛一阵风也能将它轻易地
吹倒。
然而它却昂着头、挺着腰，欲对抗任何的轻视与嘲笑。

嘿·野草，神秘的野草；我停下脚步向你请教："在这恶
劣的环境中，你是怎样度过煎熬？"
你说："只要心中存真善，生活会美好；只要意志够坚定，
困难会赶跑。"

野草啊野草，乐观的野草。你不羡慕大树枝繁叶茂，也不
嫉妒大雁飞入云宵。
你说生存各有轨道，做好自己才最重要。你说生命是享受

过程，只要努力开心就好。

你说这里是你的城堡——
有蜻蜓来回盘绕，有蛐蛐哼着歌谣，有野花做你新娘，有露珠当成珍宝。

野草啊野草，顽强的野草。你忍受着风霜寒冻与日晒火烤，你忍受着暴雨击打与臭虫叮咬。
你从不低头认输，也绝不哀号哭闹；你只会对着天空狂啸：

"来吧，猛烈的风暴，让我抖一抖身陪你在大地上舞蹈。"
"来吧，愤怒的雷霆，让我摇一摇头偏偏无视你的警告。"

就算你把我摧残，将我焚烧，我也不会屈膝求饶。
因为我有生生不灭的细胞，我的种子遍布在天崖海角！

是呀，智慧的精灵。在你身后还站立着成群的野草。
它们向往自由的生长，追逐灿烂的阳光。
即使经历过无数次挫折依然充满希望；即使在每一个寒冷的夜晚，仍泛起微微的亮光。

那是对幸福深深地渴望。如同古老而优秀的中华民族，正昂扬走在复兴的路上。
迎着东方文明那耀眼的光芒，奔向伟大的、无与伦比的繁荣与辉煌。
已不再失落，已不再彷徨！

世界因你而美丽

乐善好施的你，犹如圣洁的甘霖洒在贫脊的土地。
不图回报的你，犹如明媚的阳光照亮幽暗的谷底。

你的爱仿佛一条清澈的小溪，常年奔流不息。
你的心仿佛一片醉人的风景，种满桃红柳绿。

你走过的每一条路都留下芬芳的气息，你说过的每一句话都饱含深厚的情意。
你为这冷漠的人间增添了多少欢歌笑语，你为这残酷的社会送来了多少温暖甜蜜。

你曾令多少绝望的人群又鼓起新生的勇气，你曾令多少破碎的家庭又回归幸福的欢愉，
你曾让多少贫困的孩童恢复了中断的学习，你曾让多少痛苦的病患实现了生命的延续。

你的笑容闪耀着夺目光彩，你的足迹遍布在南北东西。
人们永远不会忘记，即使在多年以后依然会想起：

你的目光、你的期许、你的动作、你的痕迹，
仍深深地印刻在人们的脑海中，成为一生最美好的回忆。

也许你也曾经历过岁月沧桑的洗礼，明白平凡的生活也来之不易！

也许你也曾接受过它人及时的救济，在无人的角落流下感动的泪滴！

这世界因你而变得美丽，所有的事物都充满生机。

你是天使的化身，你是佛灵的附体，你是真主的使者，你是上帝的旨意。

就连那欢乐的麻雀也忍不住要赞美你，就连那柔软的青藤也忍不住要缠绕你，

就连那和煦的春风也忍不住要拥抱你，就连那优雅的蝴蝶也忍不住要爱上你。

你的仁慈已浮上你的眉宇，你的博爱已渗透你的朝夕。

你用一次又一次平凡而伟大的善举，让我们领悟到善良的真谛——

那些慷慨的捐助，那些无私的赠予，既温暖了他人又美丽了自己。

让我们向你表达最崇高的敬意，让我们唱起感恩的歌曲；

让我们说出心中的感激："你永远、永远活在我们的生命里！"

突然想起你

难忘那段有你的回忆，像茉莉花一样的芳芳，似棉花糖那般的甜蜜。

那些因你一个微笑而回荡的清风，因你一句问候而飘扬的细雨。

曾伴随我迷途的花季，吹入我痛痛的心扉，落在我轻轻的怀里。

我们在工作中偶然相遇，在离开后保持联系。

我说想认你做我的姐姐，你说愿当我是你的弟弟。

于是我们互称姐弟，你常对我嘘寒问暖，百般鼓励。

还热情带我去你的家里，向我介绍你的家人和子女。

在一座举目无亲的城市中，在许多孤独流浪的日夜里。

你的关怀犹如温暖的阳光与悦耳的歌曲，曾驱散我内心的孤寂、抚慰我不安的情绪。

我曾把你当做亲人、朋友和知己，向你诉说难言的隐私，向你坦陈辛酸的经历。

我以为我们的友谊一定会天长地久、一直延续。

谁知那无常的命运啊，偏偏要遭受寒冷的侵袭。

也许是身旁的闲言碎语，也许是家人的疑心猜忌，让我们开始渐渐疏离，最终各自远去。没有道别，也不再联系。

只留下许多无奈而沉长的叹息，被埋葬在落叶纷飞的土地里！

虽然那段温馨而短暂的时光已匆匆远去，可是那份真诚而纯洁的友谊仍在我心里。

每当见到旧曾相识的场景，我总会莫名而忧伤地突然想起你——

想起和你走在城市的街道上，聊起琐碎的家常，说着轻柔的话语。

想起和你进入公园的游乐场，拾起童年的天真，玩起小孩的游戏。

想起你曾为我缝补过的那套灰色外衣，至今还残留着往日的气息。

想起我曾向你请教过的那些人生问题，恍若还身在昨天的梦里。

有关你的音容笑貌和点点滴滴，仍是那样的深刻而清晰，仍是那样的温暖和熟悉。

仿佛一个精神的烙印，已深深地刻在我生命中。再也不能忘怀，已经无法抹去！

请允许我在此向你表达心中的感激，并衷心地祝愿你。

祝愿你的家庭幸福美满，生活称心如意。祝愿你的心情逍遥舒畅，笑容纯真美丽。

就像那自由自在的飞鸟，整日神采奕奕。就像那欢乐游荡的鱼儿，永远无忧无虑。

我还是要走

拖着疲惫的身心，我还是要走。带着失眠的烦愁，我还是要走。

许下幸福的愿望，我还是要走。湿了酸楚的眼眶，我还是要走。

走就走吧，又何必驻足等候！

你要我留在熟悉的这头，我要你奔向陌生的那头。

你挽留有你的借口，我要走有我的理由。

走就走吧，又何必频频回眸！

难道是我的身体要离开，心神要停留？又或是我太多情，又想起你的温柔！

牵着紧握的双手，我还是要走。　说了半天的情话，我还是要走。

给过温暖的拥抱，我还是要走。　给过甜蜜的亲吻，我还是要走。

走就走吧，又何苦在离别时挥手！

非让我看见你无奈的摇头，难道距离真会让我们变成普通朋友？

走就走吧，又何苦在深夜里问候！

非让我听见你幽怨的诉求。那个寂寞男人经得起深情的挑逗？

你说要我陪在你身旁，过着宁静的生活，从此欢乐无忧。

我说我要划动希望之舟，向遥远的天际飘流，那里有我追寻的目标和自由！

爱人呀，原谅我吧。要我在爱与梦之间决择，那样最让我难受！

爱人呀，原谅我吧。我不能再跟随你身后，陪你度过每一个寒暑春秋！

爱人呀，安慰我吧。我总害怕有一天，你会突然在电话里对我说：

"一份爱若不能相依相守，就注定含恨分手。一段情若无法天长地久，请记得曾经拥有。"！

爱人呀，安慰我吧。你不知道在想你的日子里，

我的身形已消瘦、心房会擅抖、泪水在长流。原来是我爱你的心呵，已装满、已足够！

落日孤影

我的丛林已看不到翠影，我的枝头已听不见鸟鸣，
我的身体已铺满了枯叶，我的生命已丧失了激情。

再也没有事物能将我吸引，再也没有目标去激励前行。
再也没有精力来苛求完美，再也没有兴趣与他人争论。

就连那明媚的阳光也显得凄冷，就连那悦耳的欢歌也觉得苦闷。
就连那中秋的月亮也不再圆满，就连那浪漫的七夕也不再动人！

我的季节已没有了春天，我的日暮已流走了清晨，
我的头发已染满了秋霜，我的灵魂已刻满了伤痕。

再也不能像蝴蝶那般体态轻盈，再也不能像野马那样激烈奔腾。
再也不能像绿树那般春意盎然，再也不能像彩虹那样五彩缤纷。

我的世界一片荒芜——
只剩下夕阳在冰湖倒映，只剩下雪花在天空飘零；
只剩下饿狼在荒野哀号，只剩下北风在大地呻吟！

我的城堡已容不下精灵，我的草原已失散了羊群，
我的胸膛已忘记了大海，我的情感已撕裂了永恒。

再也不会去采摘野果，再也不忍在厨房杀生。再也不曾在
离别挥手，再也不敢在夜晚关灯！

只因敬畏宝贵的生命，只怕冒犯地府的神灵。只因眷恋温
暖的人间，只怕远离膝下的子孙！

这里的一切如此寂静，生命的告别万般残忍。
眼前的景象如镜花水月，悲欢的一生似漫长缩影。

我在往日的回忆里苦苦搜寻，寻找曾经遗失的美好，寻找
曾经刻骨的爱恨。
仿佛又看见往日匆匆的过路人，仿佛又听见那时沙沙地风
雨声！

我在夕阳的微光里走走停停——
形似腐朽的枯木，如同将尽的油灯，恍若即灭的烟云，好
像欲坠的流星。

曾经步履从容，一路高歌挺进。此刻垂暮苍老，举步摇摆
不定。
谁怜我老眼昏花？谁知我荡寞心灵？谁给我无限渴望？谁
解我抑郁忧伤？

在驶往人生终点的末班车上，我不时抬头张望，只看见一

片荒凉！

许多相识与相爱的生命已渐渐消失在路口，许多陌生和冷漠的面孔已突然出现在身旁。

我努力克制着内心的恐慌，却止不住泪水会悄然流淌。

再也没有鸟儿会为我歌唱！再也没有青蛙会为我鼓掌！
再也没有朝阳会为我升起！再也没有碧波会为我荡漾！

难忘那些岁月交织的脸庞，有过失落、有过迷茫，有过惊喜、有过欢畅。

多不愿离开，这世界还欠我自由旅程，还欠我幸福脚印。还欠我天伦之乐，还欠我爽朗笑声。

可惜再香的酒也留不住光阴！可惜再美的花也挽不回青春！

在许多熟悉的街头，我在听、我在听——听那早已远去的回音。

在许多落日的傍晚，我在等、我在等——等那来年飘过的彩云。

安神曲

在一个春风沉醉的夜晚，我躺在柔软的床上。
深深地呼吸、轻轻地闭眼，任由飘浮的思绪向远方绵延。
我打开意念幻化的空间，进入虚拟与现实的乐园。

我看见：闪烁的繁星点亮了夜空，皎洁的月光洒满了湖面，
湖中的天鹅正翩翩起舞，岸边的芦苇正随风摇摆。

我听见：草丛里的蟋蟀在尽情歌唱，稻田里的青蛙在不停打鼓，
树梢上的夜莺在诉说情话，山坡上的溪流在演奏天籁。

而此刻：美丽的蝴蝶兰正悄然盛开，浪漫的薰衣草正优雅成长，
粉红的水莲花已不胜娇羞，丰硕的紫葡萄已透出香甜。

面对这清新淳朴的自然，面对这温馨唯美的画面。
我浮想连篇、我得道成仙、我法力无边、我开始七十二变。

摇身一变、摇身一变，我变成一只天空飞翔的大雁。
我飞过苍茫无际的雪山，飞过辽阔无垠的草原，
飞越嘈杂喧嚣的人间，飞离这是非难了的恩怨。
没有起点，没有终点，每一刻都是欢乐的源泉。嗯……

嗯……

摇身一变、摇身一变，我变成一只森林奔跑的野兔。
我跑进阳光明媚的山谷，与亲密的伙伴一起跳舞。
有活泼可爱的松鼠，有温驯憨厚的麋鹿，还有高贵典雅的
公主。
没有伤害，没有痛苦，谁都可以去摸老虎的屁股。嗯……
嗯……

摇身一变、摇身一变，我变成一只海洋游荡的鲑鱼。
我沿着蓝色的浅滩游移，来到长满珊瑚的水底，
听见五颜六色的鱼群，正说着打情骂俏的话语。
没有狂风，没有暴雨，谁都可以体验这美妙的欢愉。嗯……
嗯……

伴随这无与伦比的沉醉，伴随这无法形容的体会。
我敞开心扉、我感觉完美、我感到疲惫、我开始昏昏欲睡。

睡吧、睡吧，慵懒地睡吧。让所有的烦恼都随风去吧！
经历了人生多变的年华，没有什么事情不可以放下。

睡吧、睡吧，安心地睡吧。让往日的忧伤都随云走吧！
播下的种子已经在发芽，心中的梦想终究会开花。

睡吧、睡吧，深沉地睡吧。让积压的泪水都被爱融化！
用灿烂的笑容去包容接纳，幸福的明天就一定会到达。

嗯……嗯……嗯……嗯……嗯……嗯……

第一次相亲

带着微微的紧张与欢乐的心情，我开始踏上这一段未知的旅程。

和她说好在具体的地点、约定的黄昏，开始第一次见面、第一次相亲。

我的心中既有一点期待，也有一点灰心；

因为我没有过硬的条件，也没有帅气的资本，只有一个未曾实现的梦和一颗永不枯竭的心。

我坐在轻轨的车厢里，已无心再观赏窗外的风景。

我只在反复地猜想，她会是怎样的人？她拥有怎样的心？

她是穿着短发搭配的牛仔呢？还是穿着长发披肩的衣裙？

她是与我匆匆而过的路人呢？还是与我长相厮守的爱人？

这一刻，我像一个天真的小孩拥有无穷的好奇心；

又像一个勇敢的探险家要去探索无限的可能。

当列车的终点已经到达，神秘的面纱即将揭开，我这沉寂已久的内心顿时澎湃！

她的性格温和，她的眼神清新，犹如一阵清风吹动了湖心亭上的一串风铃。

与她的交谈融洽，与她的行走轻盈，与她在一起的时刻总是倍感温馨。

当她叫来了表妹，在热闹的广场，安静的餐厅。

鲜嫩的牛排、香甜的果盘、柔和的灯光映在她的脸上分外迷人。

我说这是我的第一次相亲，感到有点不安的拘谨，感到有种莫名的兴奋。

她说只想要一个家庭的港湾、内心的安宁，不要那种飘泊不定的人生。

我能感受到她的善良，也能体会到她的真诚。

只是可惜再奇妙的感觉也逃不过现实的需要与生活的无情！

每个人都有追求幸福的权力，都想拥有生活的安稳，我又怎能去埋怨它人？

只怪我曾葬送过自己的青春，遭遇过命运的浮沉，
暂时还不能为爱提供物质的保障与安逸的环境。

我带着一丝的期盼而来，却带着无奈的惆怅离开！
当一夜的无眠终于熬过，骚动的内心渐渐平息。

我终于彻底清醒，我只是一个爱幻想的诗人，内心藏着一点小小的浪漫和傻傻的天真！

毕竟人们所需要的，首先是衣食和住行的满足，然后才会是精神和情感的追寻。

爱情的近与远

我听说雨后的天空会有彩虹，漆黑的夜晚才见星光。

正因有风霜的洗礼，才会有百花的芳芳。正因有起伏的旋律，才会有动情的歌唱。

爱情也一样：只要你的心中有阳光，你的世界便会晴朗。

纵然这世间有太多的虚伪和假象，也应以一颗赤热的心来燃起希望。

也许爱情它离我很近：就像前方树上那一颗诱人的香橙，就像街头转角那一盏明亮的街灯。

于是我满怀期待在茫茫的人海中追寻——寻找那个与我灵魂相通的人。

然而当昨日的渴望与激情演变成今日的陌生和寒冷，我终于承认——真爱难寻。

我给不了的物质金银，我去不掉的岁月年轮，我说不清也道不尽的心中苦闷！

一次次的相见失利，一次次的落寞心酸。

谁能告诉我，我那憧憬的爱呀，它还会不会出现？

也许爱情它离我很远：就像梦中的蝴蝶在起舞翩翩，就像月下的倒影在荡漾心田。

　　无论我怎么奔跑，始终都到不了它的近前！

　　可是我不能悲观，因为用忧郁的双眼便看不到窗外更广阔的蓝天。

　　也许爱情的路上会有波折，它非要在平静的人生翻几座山，再转几道弯，才能进入那一片幸福欢乐的花园。

　　这世上的女子有千千万，总有一个人会走进我生活，总有一个人会住进我心间。

　　往后的日子不必强求，一切随缘。

　　也许我的爱情它正在某个幽静的角落里荡着秋千，它正在某个爽朗的午后扬起笑脸。

　　我相信未来那些相爱的季节，定会像春天般温暖，定会像春花般娇艳。

一个人的世界

没有人关心，也没有人附和，只剩下空荡的房间在陪我。
再没有硝烟，再没有战火，只有那无尽的空虚和寂寞！

清晨与黄昏，来了又走了；短暂的秋雨，下了又停了。
夜晚的孤星会不会如我也失去了光泽？

一个人的世界，一个人的生活，常伴随着一个人的脚步仓
皇地走过。
好像蒲公英的种子散落在天崖！好像没有根的浮萍飘荡在
湖泊！

也许人生并没有太多的精彩，而生活却充满了太多的无奈。

我的心在流浪，我的梦在徘徊，我坚定的信念却依旧在等
待。

我爱情的鸟儿还没有来！我心中的桃花也没有开！
不知何时才会有人来为我歌唱？为我灌溉？

茫茫的人海，难觅的知音，一壶装满了的苦酒一个人独饮。
隐藏的失落，沉默的呻吟，你可知道？在荒僻的角落有一
座坟墓正刻满了碑文！

孤独的身影，摇晃的风铃，遍地的高楼似崇山峻岭。

依稀的部落，无家的游民，行走在喧嚣的闹市如迈步在阴冷的森林！

一个人的世界，一个人的心情，总夹杂着太多的心酸和苦闷。

那些轰隆的车鸣、缤纷的街灯，带不走枯萎沉睡的心灵。

我的情感有一点哀伤，我的身体有一点冰冷，站在这繁华的世界却看不见风景！

我常猜想她有美丽的外表和高贵的品性，愿意陪我在泥泞的道路上携手前行。

可惜希望的天空总是阴沉，遥远的未来没有回应。

在许多难熬的夜晚，对着朦胧的纱窗我喃喃追问：

"难道真正落寞的原因，是我一直在追寻心中的完整？"！

路过的女人

曾想化作一条路径——在你回家经过时，侧耳倾听你轻轻的脚步声。

曾想化作一颗繁星——在你仰望星空时，深情凝视你温柔的眼睛。

曾想化作一株盆景——在你清晨浇水时，静静感受你优雅的风韵。

我还记得你马尾轻垂、桃花映面，十七八岁的年纪略带一丝羞涩缅甸。

那双乌黑的大眼睛不停眨眼，仿佛盛开着一片洁净的白莲，让人爱慕、让人垂怜！

那张玲珑的樱桃嘴细语温婉，仿佛百灵鸟的歌声在山谷流转，让人依恋、让人轻叹！

我曾以为我们会每天见面、聊天，将这份真诚的友谊延续到永远。

然而当我离去、走远，从此浪迹天边。只留下许多美好的回忆，时常温暖我的心田！

我还记得你短发齐肩、留海齐眉；一张白玉雕琢的脸庞有一种难以言说的美。

那白色的连衣裙在梧桐树下，伴随着秋天的落叶——随风漫飞。

那红色的高跟鞋在青石板上，轻踏着明媚的阳光——无限沉醉。

我曾以为我会和你相识、约会，一起跳着迷人的芭蕾。

然而当你一次又一次从我的身旁无视地走过，我那颗火热的心呦，随即在一瞬间陨落！

我还记得你长发及腰、眉开眼笑；一身丰满的身姿勾勒出波浪般迷人的线条。

你总爱和我说笑：你说我帅的掉渣，我说你美的冒泡。

渐渐地、莫名其妙，没来由、脸红心跳。是什么将我吸引？我不知道。

也许是你惊鸿一瞥、也许是你莞尔一笑，让我深深陷入爱的泥潭已无可救药！

我曾以为我会和你牵手、拥抱，在亲吻中慢慢变老。

然而当你突然宣告：你的另一半已经找到。我那刚刚萌芽的爱呀，就这样匆匆地死掉！

也许是性格内向使我羞于表白，也许是处境落魄让我自怨自哀。

当我终于从迷谷中走出、从忧伤中醒来，开始大胆求爱。

可惜青春的时光已不再来，路过的女人已消失在人海。

只有那白色的、黄色的、紫色的云彩，依旧在多年后的街道上空徘徊。

那些形形色色与我擦肩而过的女孩，让我想起、让我感慨：我曾走过最美丽的风景，却错过最娇艳的花开！

后 记

这是一本凝聚我多年心血来完成的诗歌作品，希望能为当代诗坛注入崭新的活力，起到极具重要的影响和引领作用。出狱后我曾投稿过许多出版社但不见有任何回应，于是最终选择了自费出版。在此非常感谢重庆上师文化传媒有限公司，能够出版这本诗集我已经很开心很满足了，无论有没有销量它都圆了我人生最重要的一个梦想。只是很遗憾自费出版的书暂时还无法进入各大书店销售，要不然会有更多的人群感受到当代诗歌的魅力知道"流行诗歌"的存在。我始终相信优秀的文学作品终将脱颖而出，未来的诗歌生态环境必将大为改善。

亲爱的喜欢诗歌的朋友们：因为共同的兴趣爱好我们才在此结缘。我们都应该希望看到当代诗歌像唐诗宋词般精彩，成为时代的主流文化。我一直坚信这世上没有什么是不可能的，有人说诗歌已死，我偏不认同。我认为只要找到最好的方法，任何领域的高度都是可以创造的。然而要成为一种主流文化肯定离不开广泛大众群体的支持，要做到这一点还需要去更多更多的努力。所以亲爱的喜欢诗歌的朋友们：如果你们认同我的观念，喜欢我的诗歌就请加入我们，并向更多的人传播正能量的"流行诗歌"。相信我们的努力不会白费，在未来的历史长河中我们将一起见证当代诗歌的成长与革新。